EIS O MUNDO DE FORA

Adrienne Myrtes

EIS O MUNDO DE FORA

Petrobras Cultural

Copyright © 2011 Adrienne Myrtes

Direitos reservados e protegidos pela Lei 9.610 de 19.2.98.
É proibida a reprodução total ou parcial sem autorização, por escrito, da editora.

Dados Internacionais de Catalogação na Publicação (CIP)
(Câmara Brasileira do Livro, SP, Brasil)

Myrtes, Adrienne
  Eis o Mundo de Fora / Adrienne Myrtes – Cotia, SP:
Ateliê Editorial, 2011.

  ISBN 978-85-7480-565-8

  1. Ficção brasileira   I. Título.

11-11870   CDD-869.93

Índices para catálogo sistemático:
1. Ficção: Literatura brasileira   869.93

Direitos reservados à
ATELIÊ EDITORIAL
Estrada da Aldeia de Carapicuíba, 897
06709-300 – Cotia – SP
Telefax: (11) 4612-9666
www.atelie.com.br
atelie@atelie.com.br

Impresso no Brasil 2011
Foi feito o depósito legal

Para os atores:
Marcelino Freire e Lourenço Mutarelli

O abismo de dois mundos incomunicáveis abre-se entre o homem que tem o sentimento da morte e o que não o tem; apesar disso, os dois morrem; mas um ignora a sua morte, o outro a sabe; um morre apenas um instante, o outro não para de morrer...

CIORAN

O nome do meu pai é sonho. O nome da minha mãe é morte. Muitos preferem meu pai, com sua dança exclusiva, seu gingado perene, histórias tingidas de flor. Mas é ela que dá a mão e leva pra casa no fim da festa. Mãe é mãe. E é por ela que eu canto.

LIROVSKY – JOSÉ PAES DE LIRA

EIS O MUNDO DE FORA

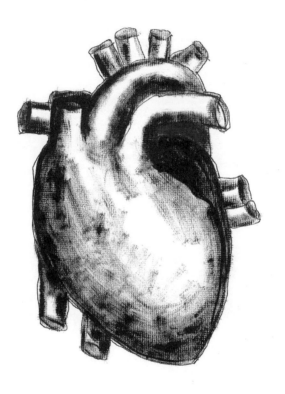

I

O DIABO TOCAVA FLAUTA DOCE e me seduzia com olhos de bode. Era o grande Pan sorrindo sob os cílios. Pulei da varanda para cair em seus braços. Dez andares. A flauta se transformou numa cobra e armou o bote. Gritei. O diabo gritou. Era uma voz desenraizada dos nervos. Coisa medonha.

Mas não era o diabo nem eu. Era Luis gritando na porta do quarto. Reconheci. Caí do sonho sobre a cama e pulei dela ainda sonolenta. Ele já entrava. A porta aberta, a luz colada a suas costas. Desviei o olhar para o braço direito dele que se dobrava, a mão comprimindo o antebraço esquerdo. Pulso.

Um tom de vermelho pintava um pano torcido que o ajudava a apertar o braço e aquilo era sangue. Sangue que empapava o pano, uma camiseta torcida com a qual ele tentava segurar a hemorragia.

Meu raciocínio demorava, as ideias se encostavam na parede da cabeça para ficarem de pé. Às cegas. Minhas mãos ao contrário raciocinavam independentes, iam cumprindo o necessário para prestar socorro. Meus pés obedeciam as mãos, seguiam sem questionamento.

Vi-me pegando a calça que estava jogada em cima de uma cadeira, puxando uma blusa do armário. Vestida, correndo para a cozinha e ligando para o ponto de táxi. O número, um ímã, na porta da geladeira. Voltando ao meu quarto, Luis ainda lá, agora sentado na cama. Chorando. Meus lençóis espalhando o corpo de uma mancha. Voltei a escutar seu lamento. Gemia.

A dor. Eu não consigo. Irene, me ajuda.

Coloquei a bolsa no ombro e peguei-o pela mão. Comprimi uma toalha limpa no corte. Ele retraiu o braço involuntariamente e me seguiu.

Irene, me diz que vai parar. Eu não aguento.

Saímos.

No táxi Luis chorava calado. A dor agora parecia maior. Situação absurda: Luis apertando o corte, tentando segurar a vida, prender seu fluxo do lado de dentro das veias. O sangue, quase bonito, fugindo dele.

O táxi rodando macio. Mudo. As ruas passavam sem nos cumprimentar, nem nos viam, abismadas em seus respiros. A respiração de Luis tropeçando em meu ouvido.

Silêncio.

O hospital com a boca aberta para nós. A mão enluvada das enfermeiras. Das auxiliares. Da luz branca que nos tocava no ombro, de leve. Um corredor parado, coagulado de queixas, pessoas, cortes, fraturas, dores expostas em veias e nervos, atropelados pela falta de espaço. Um homem, sentado, sustentava a bolsa de soro pelo fio do equipo igual a um balão num parque de diversões.

Se eu não estivesse anestesiada eu bateria em Luis.

Que merda foi essa?

Perguntei baixo. Só pra mim.

Luis não ouviu. Os olhos parados nas mãos da auxiliar de enfermagem que fazia o curativo no meio do corredor. Gestos rápidos, bruscos, eficientes como devem ser quando se lida com gente em histeria. Parecia se perguntar se Luis não tinha coisa melhor a fazer àquela hora da madrugada, quando os seres humanos deveriam estar dormindo, trepando ou se embriagando. Mas essa pergunta era minha. Tonteira.

O branco do hospital me dando enjoo. Vertigem de alvura. As imagens inspiravam, expiravam, evaporavam no éter. Odor cegando o nariz. Afastei-me um pouco, os olhos procurando um bebedouro. Achei. Um braço engessado equilibrava uma criança e fazia malabarismos para brincar com o jorro da água salpicando o chão ao redor. Desisti de ir até lá e engoli a saliva tentando umedecer a garganta, mas era difícil parecer normal quando se está prestando assistência a alguém que desistiu de se suicidar.

Eu quis matar Luis.

O celular conduziu a informação das horas de dentro da bolsa até meus olhos, ainda tontos com tanta luz branca. Pisquei tentando guardar a informação. Seria bom dormir um pouco antes de ir trabalhar. E Luis teria de ficar bem. Os quatro pontos no pulso esquerdo iriam mantê-lo quieto por algum tempo, quatro espaçados e frouxos pontos. Aquilo ia cicatrizar de qualquer jeito. Fui até ele e fiz um carinho em seu cabelo. A auxiliar de enfermagem me olhou solidária, em seguida orientou como cuidar do corte nos próximos dias e o prazo para a retirada do fio de sutura. Luis segurou em minha mão e eu o levei embora dali.

Outro táxi e estaríamos de volta para casa. Ele encostou-se em mim procurando colo. Abracei-o.

Você ainda me ama?

Eu estou me controlando pra não te bater.

Eu amo você muito.

Bicha louca.

II

A XILOCAÍNA NÃO SERVE PARA digestivo. Cheguei a essa conclusão após meu quase suicídio. Compreendi que ao tentar me esquivar da dor eu tentava mastigar a vida, ter dentes, sei lá. Coisa pra doido esquecer, não pensar, não especular. Porque de especulação em especulação posso dar de cara com minhas tripas, meus motivos subliminares e não sei se aguento, se quero ter olhos para me ver. Sou hipermetrope e gosto disso.

Irene diz que nos salvamos pela dor, que ela nos mantém vivos. Quando pergunto de que poderíamos ser salvos ela sentencia: De nossa estupidez. Irene diz muitas coisas, nem sempre escuto, o vento fala mais alto e eu me distraio. Talvez Irene esteja certa, talvez a vida seja essa sucessão de cortes e recortes com que sonhamos e que sangram. Talvez só exista verdade no sangue e na respiração. Talvez a vida seja uma engrenagem com vontade própria. Talvez eu seja um idiota cem por cento. Existe ainda a possibilidade de que minha idiotice também faça parte dessa engrenagem e como tal eu esteja enquadrado, inserido à revelia.

Na verdade gostaria de ser salvo pela distância. Ficar afastado da vida, receber uma suspensão. Não estar com algumas pessoas, não precisar contar histórias, enredar fatos, encantar palavras para dar explicações. Explicações que não tenho nem para mim.

Não há justificativa para o desejo de morrer, ou mesmo para a incerteza de que tenha sido ele o que moveu minha mão direita sobre o pulso esquerdo. Com a lâmina. Não. Tenho certeza de que era a morte minha meta, não poderia ser diferente. Cortar o pulso não é coisa que se faça assim, por impulso. A lâmina na mão e o gesto nervoso tateando o pensamento. E a xilocaína? Acovardamento frente à morte? Acanhamento diante da vida? Porque a dor só é possível aos vivos. Não tenho certeza de que era a meta, minha morte. E Irene? Sorte. Irene é meu demônio particular, tem força pra me proteger. Da minha estupidez. Irene é minha dor de dente.

Não sei, meu raciocínio é um cachorro correndo atrás do rabo, em eterna desconfiança. Tenho preguiça de pensar, às vezes. Ou apenas penso que tenho, porque a maior parte do tempo penso e repenso. Dispenso comentários, sei que estou sendo contraditório e redundante, se é que é possível ser as duas coisas ao mesmo tempo.

Estou refém, cativo na cama, converso com meu travesseiro, enfronho-me em minha dor.

Pode ser que eu esteja ficando louco ou pode ser que essa seja a sanidade possível para mim. Para a vida como ela se instala, porque minha vida é uma senhora gorda e preguiçosa espalhada no sofá da sala, sem a menor intenção de ir embora. A vida é a possibilidade que tenho no momento, o que me resta. Por isso o que tenho a fazer é me levantar da cama e começar o meu dia.

O dia caminha sem mim, não precisa de mim.

Eu adoraria não precisar de ninguém. Do amor de ninguém. Para não ter de me sentir assim, um fraco e sem Raul. Raul é meu ponto fraco, meu calcanhar. Mas não sou forte nem belo, não sou Aquiles. Luis é um nome sem rosto, um personagem que ignora seu papel. Não sou ninguém, sou um ator. Para os gregos e os romanos, o papel do ator era um rolo de madeira em torno do qual se enrolava um pergaminho contendo o texto a ser dito e as instruções de sua interpretação.

Estou atrasadíssimo no grego e no latim.

Sou os personagens que tenho deixado de encenar, as possibilidades misturadas nas coxias. Raul deve ter razão. Razões que não encontro agora, entre os lençóis, onde procuro me dissolver. Entregar-me à liquidez de não saber o que fazer de mim e do resto de desejo que balbucia em meu ouvido. Raul. Provavelmente tem razão. Eu bem posso estar misturando as histórias, mas não. O que encenamos no palco foi ação teatral, sei disso, mas a reação que ele acorda em meus músculos é meu corpo quem me conta, não um script. Quero escrever uma história na pele dele, com suor e sêmen.

Suor.

Não sei se estou com febre ou se vivo em delírio.

Irene precisa voltar para me ajudar a acordar. Não quero me levantar, não quero tirar o pijama, menos ainda vestir uma roupa, não quero me preocupar com comida, não quero procurar um novo trabalho, não quero encontrar diretores, autores, outros atores, não quero a vida de volta. Não quero essa prática da qual a vida nos incumbe porque ela me pesa. Dá trabalho. Quero rolar na cama até Irene chegar e tomar conta de mim.

Ela achará um jeito de me fazer continuar.

III

EU PRECISAVA PARAR A DOR.

Luis estava sentado diante de uma xícara de café que ele nunca acabava de mexer. Encontrei-o febril, depois de medicado, estava bem.

Mas que dor, criatura?

Perguntei impaciente com aquele movimento circular infinito. Não consegui fazê-lo trocar o pijama, mas ele tinha me deixado pentear seus cabelos. A testa dele em minha mão confirmava a ausência de febre.

A minha, é lógico.

Luis estava com pena de si, aquilo me irritou. Voltei ao meu lugar na mesa e olhei-o com indiferença.

Café precisa ser forte. E quente.

A dor me manteve vivo, eu não aguentei.

Quantas decepções o levaram a isso? Raul era a ponta de um iceberg cravado em seus olhos.

Não suporto café fraco. Frio então, chega a dar náuseas.

Eu não mereci a morte.

Percebi nele uma tristeza maior que simples autopiedade. A colher devolveu a mão dele à mesa e descansou no pires. Luis olhava para a xícara de café sem a mínima disposição para tomá-lo. Tomei o meu café e continuei olhando para ele.

O cheiro também é muito importante. O cheiro precisa incomodar o nariz. Não é curioso que algumas culturas leiam o destino na borra do café?

Irene, Irene, você não entende. Eu estou apaixonado pelo Raul.

E Silvio?

Sinceramente, não me interessa.

Luis falou com uma simplicidade quase santa e continuou hipnotizando a xícara.

Seu egoísmo é comovente. Você quer tomar esse café de uma vez?

Luis pegou a xícara com calma e bebeu o café sem dar atenção a minha ironia. Colocou a xícara vazia de volta sobre o pires e passou a alisar a toalha da mesa como se aquela tarefa fosse salvar sua alma. Levantou o rosto e eu vi seus olhos borrados.

Você não compreende, não é?

Luis precisava de mim e eu precisava tirá-lo daquele estado. Eu não saberia lidar com aquele tipo de dependência se ela continuasse por mais cinco minutos. Enquanto empilhava as ideias desenhava com o polegar sobre o indicador da mão direita *xilocaína*.

Até compreendo que você queira morrer, mas passar xilocaína no pulso antes de cortar achando que não ia sentir dor é demais. Nunca vi nada tão gay.

Luis equilibrou um riso torto na boca.

Os gays não são tão frágeis. Sou eu.

Reorganizo a afirmação: você nunca foi tão Luis.

Eu consegui me superar, não foi?

Continuou alisando a toalha. Fui até ele e o beijei.

A toalha já está apaixonada, larga ela. Vamos, levantando da mesa e cuidando da vida. Você lava as xícaras porque eu fiz o café, depois se arrume que precisamos ir ao mercado.

Recomeçou a exploração. A cada dia você se parece mais com sua avó.

Não gostei da observação, fiz de conta que não ouvi. Fui ao quarto pegar a bolsa.

IV

COMECEI A MORRER NO DIA em que nasci, a morte vive em mim desde o meu início, feito um parasita. A morte se fortalece com a minha vida.

Irene diz que é a morte de algumas células que faz nascerem outras, que a morte não existe e a vida é transformação e sinapses. Que todo fim é o começo de alguma outra coisa afinal, os finais vestem a morte de cores. Irene diz muitas coisas, nem sempre tenho ouvidos. Não gosto de pensar que estou morrendo para me manter vivo. Melhor morrer de vez, ou viver sem ter espaço para armazenar essas ideias. Mas, se Irene estiver certa, e a morte não existir não me sobra muito além de sobreviver aos intermináveis ritos de passagem.

Passo de um lado ao outro da cama embrulhando-me. Abro-me para a morte de mais um dia, é o final da tarde e da minha paciência. Os dias transformaram-se em corredores que levam a outros corredores. O mundo, na definição de Irene, é um lugar para ser caminhado.

Já não me suporto, nem à minha inércia, dói-me a consciência e o corpo. O dia inteiro deitado. Irene vai reclamar, eu sei, mas sei também que depois ela vai me ajudar a levantar executando o ritual de vida que a obrigo a cumprir desde meu quase suicídio.

Havia entre os antigos ritos de morte um que dizia ser necessária uma moeda de ouro na boca do defunto, pois, caso não pagasse a Hades, a alma estaria condenada a perambular para sempre às margens do rio Estige, sem permissão para entrar em seu reino. Hades é o encerramento, a milionésima fração de segundo antes que se possa enxergar o recomeço.

O reino dos mortos é habitado por todos os finais.

Era um final de semana, quase morto, domingo à tarde e eu tentava assistir a um filme no cinema. Quando a fila se desfez diante do aviso de sessão lotada encontrei Raul também abandonado pela fila. Sorrimos. Sorri ao ver Raul sem Silvio.

Conheci Raul no teatro. A peça já nem sei qual foi. Raul·eu levei na retina, guardei impressões de seus dedos. No palco, dividimos cenas, equacionamos um amor mal resolvido. No camarim, multiplicou-se o meu tesão por ele, mas existia Silvio e Raul era fiel. Eu permaneci fiel a esse desejo e esperei.

Irene deve estar chegando.

Hoje o calor dos lençóis cozinha minha covardia enquanto espero que o suor se solidifique no meu rosto me livrando do desconforto de senti-lo escorrendo. Em vão. Os vãos de tempo entre uma e outra gota de suor, que prefiro contar, em vez de passar a mão pelo rosto ou puxar o lençol. Outra vez febril e esperando. Espero na cama que alguém aperte um botão e me ejete daqui. Meu colchão flutuará sobre a cidade, acima do bem, abaixo do mal.

Mal acreditei na minha sorte, por sorte Raul estava afastado de mim, enxergo melhor de longe. Hipermetropia 1,5 grau no olho esquerdo e 2,25 no direito.

A espera na longa fila do cinema rendeu um encontro, saímos para um café. O café foi pretexto para conversarmos a sós, para executarmos na vida uma cena de Teatro Mínimo. As palavras sobravam, olhares e sorrisos cumpriam seu papel nas lacunas da fala. Dizíamos o indizível. A geometria ajudou, encontramos pontos de convergência nos nossos gostos. Gostei do toque azul do olho dele no meu. Ofereci-lhe o meu melhor sorriso e o meu músculo cardíaco. Pulsando. Ele recebeu.

Concentro agora a pulsação nos dedos, tateando a virilha, estimulando minhas mucosas, buscando meus fluidos corporais, procurando resquícios de Raul no pensamento e nos poros para me sentir outra vez vivo. Meus dedos, eretos, se recusam a seguir, Raul foge de mim. O gozo permanece lembrança.

Raul abriu a porta do quarto do motel e entrou na minha vida, invadiu a minha morte e as minhas veias. Espalhou o meu suor pelo corpo e me levou para o seu paraíso particular.

Fui barrado na porta do inferno, estou no limbo protegido pelos meus lençóis, o único som possível é o ranger dos nervos do colchão. E o telefone tocando na sala.

Irene já devia ter chegado.

Hades sempre cobra seu preço. Engoli a moeda colocada na minha boca, por isso ele agora arranca as minhas tripas.

Não é a mão de Raul que acaricia o meu pau. É minha a mão que me trata como uma criança travessa, descobrindo. Manipulando o meu membro com pouca vontade. É minha a mão que me nega um ato de virilidade. Porque minha mão acredita que estou morto. E nos mortos essa virilidade é exercida de maneira sutil, pelo sorriso.

Abortei a tentativa de masturbação.

Não se entra no reino da morte vestido. Conheci as mãos de Raul, a saliva macia, sua boca aberta, engolindo-me pedaços e líquidos. Acordamos o dia no final da noite gozando o fato de sermos machos. Fomos homem um para o outro.

O telefone gritando por alguém e Irene ainda não chegou.

Dizem que a vida é o domínio de Eros, mas Hades e Eros são cúmplices porque o sexo também traz um tipo de morte, um abandono no corpo do outro, um desmaio. Perdi meus sentidos sentindo os cheiros de Raul. Foi loucura, tesão, questão sem resposta.

Raul me disse sim quando, no café, perguntei se ele queria ir para um outro lugar.

Respondi "Alô" ao telefone.

V

MINHA INFÂNCIA É UM BESOURO preto, redondo, de casca dura e lustrosa que, virado de barriga para cima, esperneia como uma criança contrariada, provocando um movimento absurdo e desequilibrado. E de desequilíbrio em desequilíbrio consegue se colocar em cima das muitas perninhas.

Não pensem nele como um besouro raro. Exótico. Minha infância é um legítimo embola-bosta.

Remexer no passado virou mania. Vejo nisso a rotina de um esquizofrênico que usa suas manias como padrões de segurança.

Esquizofrenia é palavra esquisita. Talvez meu comportamento tenha dedos enganchados nela. Ou pode ser apenas que o ócio obrigatório da viagem abra espaço para digressões.

Nuvens, nuvens, nuvens brancas. A paisagem monótona convida ideias.

O besouro se pôs de pé e começou sua caminhada fazendo cócegas em meu juízo. Embolei raciocínios.

Para tudo existe uma primeira vez e ela se fantasia de importâncias, de beleza. Besteira. Nossa humanidade impede a beleza, e o que importa é manter a respiração, o equilíbrio dos líquidos que alagam nosso corpo, a solidez da carne. Para que a vida não apodreça. Apodrecer é o futuro certo e é o que todos tentam evitar. A primeira vez é coisa celebrada por ser a ponta extrema do fio que amarra o apodrecimento. Diante dela não se enxerga seu apêndice.

A primeira vez em que eu me apaixonei eu amei tanto essa paixão que disse não quando o garoto quis me namorar. Eu tinha onze anos, ele treze, e considerando-se a geografia, o clima, nossa idade e minha avó, o que aconteceria entre nós não seria namoro. Eu ainda não sabia disso. O que eu sabia era que havia poesia em me manter entrincheirada na janela de minha sala de aula olhando para ele. O resto era prosa. Miolo de pote.

Júlio César estava um ano mais adiantado que eu na escola. Eu cursava a quinta série A, e nossas salas tinham janelas que se olhavam. É óbvio que eu sentava diante de uma e ele da outra.

Quando eu passei para a sexta B, e ele para a sétima também B, nos colocaram pela segunda vez em janelas que podiam se ver. Vi que o destino se comunicava naquele acaso, estávamos destinados um ao outro. Casaríamos e teríamos filhinhos que arrastariam o chão da casa sob os chinelos e matariam os peixes do aquário da sala.

Essa certeza me tocaiou até quando nos colocaram na mesma sala de aula para a organização de uma feira de ciências. Então percebi o que significava amar. Ele aproveitou nossa proximidade para me pedir em namoro e eu disse não. Ainda lembro, de maneira nebulosa, que enquanto conversava com Júlio sentia meu coração pulando cordas, meu sangue correndo para longe, pensava em desmaio. Se estar a seu lado e conversar provocavam aquilo, como seria namorar com ele? O que eu sabia é que me sentia sem corrimão, sem prumo, em resumo, que aquilo não era bom. Até doía. Pior, era um inferno. E aquilo era o amor. O amor cantado e decantado pela natureza humana. Amar para quê? Para dar chance a meu coração de me enforcar?

Júlio foi amor e valeu. Eu não permiti que a realidade o mastigasse como quem masca chicletes.

O embola-bosta tem sua função. Empurrando a merda do gado, ele acaba por enterrá-la e isso, além de adubar a terra, impede que insetos nocivos nasçam e se instalem no próprio gado.

Depois disso a vida empurrou os dias e eu fui atrás de meus instintos que madrugavam enquanto eu me transformava em adolescente. Minha história com Júlio me mostrou que eu e o amor não fomos feitos um para o outro. Descobri que havia lucro maior em me lambuzar de saliva na boca dos garotos. Ninguém mais me segurou, aprendi a driblar até minha avó. Ela que tentava me controlar na puberdade bordando a culpa cristã em minha consciência, como se fosse possível destampar uma fervura sem deixar escapar vapor. Aos quinze anos a vida era meu campo de experimentos e os homens, meus objetos de pesquisa. A escola continuava sendo o melhor laboratório, mas meu interesse saiu das salas de aula e cruzou o corredor até a sala dos professores.

No início do ano percebi que minha língua se entendia bem com a do professor de inglês.

Refrigerante, suco?

A comissária de bordo me serviu um suco e passou adiante recitando o mesmo mantra. Voltei a olhar pela janela e as nuvens continuavam desfilando. Moda casual para hospitais e unidades básicas de saúde. Branco. White.

Moacyr e eu começamos saindo numa sexta à noite com um grupo de alunos, e fomos evoluindo até pequenos amassos escondidos dentro da escola. Nunca saberei se ele assistia a filmes de ação ou se preferia filmes alternativos. Pouco conversávamos. Mas chegamos ao ponto em que nossos amassos deixaram de ser pequenos e alguma coisa precisava ser feita, não dava pra estacionar naquela faixa. Era abandonar o carro ou seguir em frente, e eu nunca fui de abandonar coisa alguma pela metade. Além do que, eu precisava manter minha fama de puta filatelista (sabe aquela coisa "sou puta e gosto de sê-lo?") que conquistei centímetro a centímetro no pátio da escola. Eu me orgulhava também de não sofrer por amor e de comer dois cachorros-quentes no lanche.

O ser humano é um animal estúpido e costuma fazer coisas por motivos mais estúpidos ainda. O que me levou a trepar pela primeira vez foram as seguintes circunstâncias:

Moacyr e eu chegamos ao grau em que a fervura começa a entornar o caldo;

As conversas com as outras garotas não evoluíam e todas me cobravam o grande momento;

Meus hormônios me empurravam para cima dele desconsiderando qualquer outro fato.

E, por último, eu queria descobrir como é que uma coisa daquele tamanho ia caber em um buraco tão pequeno. Cabe esclarecer que, embora Moacyr tateasse meu corpo, eu não me explorava sozinha. Por mais contraditório que seja, a masturbação não chegava à ponta de meus dedos. Minha educação cristã resistia em campo minado.

Fiz minha descoberta de maneira banal. Trancados, na salinha do material para educação física, exercitávamos nosso tesão, e não fugi quando ele levantou minha saia nem tentei evitar que afastasse minha calcinha. Abri mais as pernas, deixei que enfiasse o pau. Coube direitinho. Depois nos afastamos. Saí apressada, sem esquecer de arrumar a saia. Evitei qualquer conversa.

Voltei pra casa orgulhosa. Vitoriosa. Mulher. Havia implodido minha muralha cristã. Trepei sem palavras de amor. Era real. A sensação de umidade na calcinha: meu troféu. Apenas meu corpo se entenderia com outros. O amor e eu não tínhamos sido feitos um para o outro.

Após o banho me olhei no espelho e nada vi de diferente. Joguei-me na cama e, enquanto comia dois cachorros-quentes, chorei assistindo ao final feliz de um filme idiota.

Senhores passageiros, vamos nos preparar para o pouso, mantenham-se nos seus lugares e com os cintos de segurança afivelados.

O aeroporto se arrastava no chão. Vi o que me aguardava: uma tia aportada no solo firme do desembarque. Minha infância, puberdade e adolescência, mortos-vivos me seguindo e me empurrando para dentro de um filme *trash*.

Eu teria dividido as lembranças e conjecturas com Luis se ele não tivesse tomado um calmante para enfrentar o avião.

VI

NO CINEMA TUDO É MAIS bonito, mais verdadeiro. Tudo pode.

Tudo posso naquele que me fortalece.

O quadro pendurado em frente à porta estava lá desde o início dos tempos, assim como as cantoneiras cobertas com toalhinhas bordadas espalhadas por dois cantos da sala. Os inacreditáveis patos de louça, com as asas azuis e o peito verde, fugiam pela parede, um vaso solitário e triste de vidro azulado em cima da mesa de centro, dentro dele o plástico firme e carmim de uma rosa. A casa parecia um cenário: Almodóvar sem refinamento, cru. Talvez por isso atacasse meus olhos, pelo filtro da soleira da porta, como imagens de um sonho. Puxei Luis pra dentro daquele sonho absurdo. Ele: meu corrimão, meu presente. Eu, grega diante dele.

Nem em pesadelo imaginei que seria obrigada a voltar à casa de minha avó, acreditei que haveria uma hora certa e pactuada para isso. A verdade é que a hora certa me atropelou da forma errada e me jogou na calçada antiga. Sofri impacto contra os mosaicos. A porta aberta e a vista da sala. Avistei os cabelos brancos de minha avó num canto, o silêncio dos olhos dirigidos para a rua. O vestido. Linho povoado de flores cinza e as mãos sobre os braços da cadeira dura.

Entramos.

O resto do dia entrava em casa pela janela. Minha avó continuou olhando para fora, esperei um pouco e me aproximei obrigando-a a nos cumprimentar.

O que aconteceu com o pulso do rapaz?

Minha avó continuava inconveniente.

Luis torceu o pulso.

Luis conhecia de minha avó apenas a cor das histórias que eu contava. Minha avó, de Luis, conhecia o nome codificado pelo som de minha voz ao telefone. Luis atendeu ao telefonema de Lurdinha. Ela dizia da necessidade de falar comigo. Que era urgente. Foi ele quem me deu esse recado. Foi ele quem me colocou dentro daquela roda e girou. Agora estávamos os dois no carrossel. Luis tonto com tanta novidade, eu enjoada com a falta dela.

A casa, a fala de minha avó, as histórias dos vizinhos e parentes pareciam ladainhas conhecidas, refrão de procissão. Nunca gostei de seguir andor.

E os exames?

Tenho feito muitos. De todo tipo. O médico diz que só pode autorizar a cirurgia depois de ver o resultado deles.

Minha avó sentada na cadeira de balanço não parecia tão doente, se vista por alguém que não a conhecesse bem.

Você parece bem, Irene.

Irene sempre está bem, ela tem um invólucro contra doenças e problemas.

Esse era Luis se metendo na conversa

Uma carapaça, você quer dizer? Como um besouro?

Após falar, minha avó repetiu os olhos para a janela, parecia cansada.

A senhora não prefere ir para o quarto descansar?

Não tenho feito outra coisa além de descansar. Tiraram de minhas mãos as costuras, os fios, minha vontade. Virei marionete. Aqui ninguém me deixa fazer nada.

Minha tia Lurdinha entrou na sala, quatro copos de suco equilibrando uma bandeja. Mangaba.

Mãe é muito teimosa, se a gente descuida ela pega qualquer coisa para fazer, não consegue ficar quieta.

Eu gostaria que alguém me explicasse para que é que eu tenho de continuar viva se vocês não me deixam viver.

Dona Auxiliadora, tão firme. Presença que projetava sombras mesmo quando ausente, pareceu-me uma mulher velha, magra e diminuída pelo contexto das palavras.

Minha primeira impressão estava errada: o tempo passou por aqui como um furacão e arrancou tudo. Não há mais nada igual a coisa alguma. Aquilo que estava à vista era, de fato, um cenário. Uma montagem para enganar olhos alheios, uma maquiagem para enganar espelhos. Minha avó tentava permanecer soberana em sua casa, lutava por cada metro cúbico de oxigênio que seu pulmão abarcasse. Eu soube. Quem me contou tudo isso foi um certo cheiro de cravo-de-defunto que não vinha do jardim. A morte passeava pela casa e vigiava insone, aguardando algum descanso. Dona Auxiliadora negava-se ao descanso. O cheiro: resultado da luta travada entre os líquidos da doença e a lavanda pós-banho que Lurdinha passava em minha avó.

Cronos é um deus velho e seu nome significa tempo. Cronos reinou sobre a humanidade, após destronar o pai, Urano, e completou a obra da criação paterna. Cronos tentou se rebelar contra as leis que ele próprio estabeleceu e não conseguiu. Acabou destronado pelo filho. Luis me contou, não esqueci. É o mito que ajuda a entender a mecânica do tempo. Cronos é um professor eficiente. Nada permanece inalterado, e isso é óbvio e simples como uma poça d'água cheia de girinos, mas aceitar isso dói. E demora a passar. Cronos foi destronado e humilhado, na solidão e silêncio da dor aprendeu suas próprias leis. As flores cinza do linho que vestia minha avó me contaram que eu também teria algumas lições a aprender, no devido momento.

Vocês agora querem fazer de mim criança e eu estou velha demais para reagir.

No cinema esse seria o momento em que eu deveria falar alguma frase de efeito, borboleta jogando as asas, desenhar uma cara de ternura no sorriso, ir até minha avó e segurar suas veias salientes, beijar as manchas de suas mãos, equilibrar o branco de seus cabelos nos fios dos dedos. No cinema eu emocionaria plateias pedindo perdão pelos silêncios ao telefone e pela covardia diante das palavras de amor, pedindo perdão por ter aceitado a rispidez que me foi oferecida na infância e ter dado de volta minha ausência. Presente o tempo todo na maneira que adotei de não pertencer à família, o jeito que eu aprendi de sonegar deles a informação sobre quem eu era e para onde eu ia, andando cada vez mais por dentro de mim. A cena acabaria com nós duas chorando abraçadas. Depois disso: os créditos do filme. Sem som.

Silêncio e mãos que não cabiam em cima dos joelhos. O amor e eu não fomos feitos um para o outro. Eu não tinha o que dizer para ela, não trazia gestos embrulhados para presente, mas precisava fazer alguma coisa.

Esse suco é maravilhoso, de que é?

A salvação veio pela boca de Luis, de um gole.

É mangaba.

Eu não conhecia, adorei.

Por que foi que ele veio com você, Irene? Ele não deveria ter ficado em casa cuidando do pulso torcido?

Minha avó atravessou Luis com a pergunta aparentemente direcionada a mim.

Com o dedo indicador da mão direita escrevi nas costas da mão esquerda: *puta-que-o-pariu* enquanto respondia.

Luis é meu amigo, vó, a senhora sabe disso, ele divide apartamento comigo.

Outro silêncio.

Agora com o polegar direito escrevi sobre o indicador da mesma mão: *a vida passa e me passa, a ferro em brasa, feito linho.*

Lurdinha, será que nós podemos ir arrumar nossa bagagem? Eu estou louca para tomar um banho e trocar essa roupa e acho que Luis também.

É lógico, desculpem-me, nem me dei conta de que vocês devem estar cansados. Venham, vocês vão ficar no quarto de Léa. Já deixei tudo arrumado para vocês se instalarem. Léa nunca vem aqui mesmo, desde que foi embora quase não vem visitar mãe. Precisa ver a tristeza que ela fica por causa disso.

Segui Lurdinha pelo corredor da casa que eu conhecia, mas fazia questão de fingir que não. Fiz questão também de não alimentar a conversa, nunca tive paciência para esse hábito de reclamar uns dos outros tão próprio das famílias. Luis se deixou arrastar por mim.

No final do corredor a cristaleira cheia de louça barata, biscuit e porta-retratos.

Olha isso, que maravilha.

Esse era Luis deslumbrado com a existência das coisas.

VII

TUDO POSSO NAQUELE QUE ME FORTALECE

Irene diz que tudo que não nos mata nos fortalece, e para ilustrar usa o exemplo dos anticorpos. Irene observa Nietzsche através de um microscópio, mas achei melhor não fazer piada diante daquele quadro. A cara de Irene não ajudava. Na falta da piada, me limitei a segui-la e me admirar com a casa da avó dela, coisa de outros sistemas. O mundo e seu giro interminável parecia não abalar o tempo lá dentro.

Dona Auxiliadora perguntou a respeito do meu pulso antes de perguntar se estávamos bem, se a turbulência do nosso estômago prejudicou o voo, enfim, era a avó da Irene. Em osso e nervos. Todas as histórias que ouvi da boca de Irene estavam personificadas naquela senhora de cabelos brancos e vestido de pequenas flores cinza, que com sua palidez e magreza aparentava impaciência e irritabilidade.

Irene eu percebia nervosa apesar da calma que se obrigava a vestir. Ficava mexendo os dedos da mão direita sobre a esquerda como se desenhasse algo, atravessava Dona Auxiliadora com os olhos e passeava com eles pela sala como se aquilo tudo não lhe causasse impressão. Conheço Irene, tudo o que ela queria era correr dali.

Nem sei direito como foi que eu vim parar aqui. A sensação que tenho é a de alguém que está assistindo a uma peça e se vê jogado nela, sem saber sua fala e nem a deixa para entrar em ação. De qualquer maneira a viagem me ejetou da cama, literalmente. O telefonema que eu atendi, a tia da Irene e a notícia do câncer da avó.

Tudo isso tão maior que a patetice do meu quase suicídio. Tão mais real que a existência de Raul na minha vida. Tão mais concreto que minha cama e minha disposição de me manter nela.

Eu sempre soube que a história de Irene com a família era meio surreal. Agora sei que a família dela é surreal e todo o resto é história para fazer dormir pequenos monstros.

Um solitário azul angustiado com uma rosa carmim é uma coisa que não existe impunemente numa mesinha de centro. A avó que parecia não querer olhar para nós, a tia oferecendo em bandeja uma normalidade tensa, cheia de gentilezas e solicitudes. Enquanto os personagens atuavam, eu me preocupava com o sentimento da minha amiga, aquele retorno não estava sendo fácil. Mais fácil seria roubar aquele solitário e sair correndo com Irene para salvar a vida do plástico carmim da rosa.

Existem palavras que nunca devem ser ditas porque abrem buracos no corpo, enterram intenções para alimentar minhocas. Quando Irene foi embora da casa da avó essas palavras bailaram entre ela e Dona Auxiliadora, as diferenças tantas vezes abafadas vibraram garganta afora. Irene lembrava disso com tristeza na voz, tristeza que me pareceu maior no silêncio, depois da notícia da doença da avó. Irene plantada na cozinha, o telefone calado, a mão de Irene apertando o fone sobre o gancho. A ausência das perguntas que não precisei fazer.

Deus ex machina. Eu bem quis ser o deus que desce numa máquina para arrancar Irene dali, dizer-lhe que era tudo um sonho, revelar coisas felizes e embalar seu corpo para que ela voltasse a dormir. Dormiríamos juntos e eu a abraçaria durante a noite para evitar sobressaltos. Mas a realidade é que não tenho pulso. As decisões quebram meus dedos antes de se transformarem em ação. Não consigo valorizar o foco. Prefiro a letargia do sono, a companhia de Morfeu. Prefiro atuar porque no palco não sou ninguém, não preciso ser ninguém, empresto meu corpo, minha voz e meu modo de olhar para Raul.

Imaginei o que aconteceria se eu, num exercício do absurdo, atropelasse a inércia de todos para falar do meu amor por Raul, dos carinhos que a sua boca conhecia, do odor de saliva e esperma que deixamos desperdiçados em quartos de motel, da falta que já não sei se é ele que me faz sentir cada vez que lembro as sensações partilhadas e percebo que o rosto dele se embaça na memória. Falta que talvez eu sinta de um amor que nunca tive, saudades do futuro. Como ficariam as caras da avó e da tia de Irene? E se eu contasse a respeito do telefonema que tentei fazer para ele antes de viajar? A cara de Irene é que seria atingida pela segunda alternativa. Nem consegui achar graça da situação. Nem consegui traçar um plano viável para sequestrar Irene e a rosa daquela sala.

Tudo o que consegui fazer foi matar o silêncio elogiando um suco delicioso de nome estranho, e em seguida concordar que estava precisando tomar um banho e relaxar, o que não representou um salvamento. No corredor fiquei deslumbrado com uma cristaleira cheia de coisas insólitas.

Não era o dia certo para me tornar herói.

VIII

A CRIANÇA É A MAIOR prova de que o homem não nasce bom. O homem apenas nasce. Todo o resto é tecido que fabricamos para proteger a pele. Para brincar de esconde-esconde.

Passei a infância me escondendo de minha maldade interior, sentindo pena das lagartixas mortas em favor das experiências necessárias ao exercício de minha curiosidade. A investigação científica era minha forma de brincar de adulto e eu precisava me sentir próxima das pessoas que me rodeavam. A morte fazia-se necessária para as descobertas, mas ela vinha costurada à compunção. A imagem do bicho morto, das vísceras expostas, da gordura do sangue, provocava certo sofrimento em mim. O sentimento corria em círculos, ao redor da irreversibilidade do feito. Uma vez morto, morto até o fim. Durante alguns minutos eu me arrependia e havia verdade nisso, cheguei ao ponto de fazer enterro de alguns animais depois de dissecados, arrumando-os em pequenas caixas cheias de flores. Acendia velas e fazia orações pela metade, imitando minha avó diante de seus santos. Mas isso não me impedia de matar outro quando precisava fazer outra experiência. Eu era criança e criança não tem alma.

Minha natureza gritava e o resto era silêncio. Aprendi a ver a vida por dentro e virar a morte pelo avesso. Daí veio meu talento para ignorar a mistificação do mundo, a possibilidade de castigo divino, ou minha inclinação para a biologia. A descoberta do miolo das coisas, das células e suas organelas foi um tiro sem misericórdia nas tentativas de minha avó de me fazerem temer a deus sobre todas as coisas, de me fazerem ansiar pelo céu e fugir do inferno.

Mitocôndrias, citoplasmas, centríolos, complexos de golgi, retículos endoplasmáticos, ribossomos, lisossomos, as células passaram a ter função definitiva em meus dias. Faziam-me acreditar num certo controle sobre o invisível, a essência. Embora eu ainda nem soubesse da existência de qualquer tipo de essência. A morte virou transformação, nascimento de vermes. O ácido desoxirribonucleico me pareceu mais convincente que a vontade divina. Sem falar no nome bem mais bacana.

Quando minha avó perdeu seu controle sobre mim eu estava com onze anos, mas ela só soube disso muito tempo depois.

Dona Auxiliadora sempre foi um totem plantado em minha consciência. Ela era um símbolo matriarcal não apenas para mim, mas para a família inteira, e, mesmo sem saber por que, eu intuía que aquele símbolo não podia sofrer danos. O tempo confirmou minha intuição me mostrando que ficaríamos todos sem solo, transplantados para o ar.

Escolhi contornar nossas diferenças, mascará-las para que a soberania de minha avó se mantivesse intacta com minha pseudo-obediência. Consegui manter minha avó protegida em seu castelo durante a adolescência porque isso me protegia. Com minha mãe a história foi outra.

Léa, a filha mais velha, a razão de alegrias e tristezas para Dona Auxiliadora. Aquela que sempre teve um quarto guardado na casa. A que, a despeito de todas as brigas, ou por causa delas, manteve o monopólio do amor de minha avó. Minha mãe originou o mito de Narciso, minha avó era seu espelho d'água. Por pouco não afoguei minha infância.

Após a viuvez, minha mãe foi cuidar da vida. Mudou de casa, de trabalho, de tintura de cabelo. Continuou igual, centrada no próprio nariz, aspirando o oxigênio do mundo, especulando possibilidades de satisfação. Léa cresceu esfregando sua liberdade na boca alheia, ou deixou de crescer por isso mesmo. Minha mãe ganhou o mundo e eu lençóis na casa de minha avó. Perdi-me dela. Fiquei usando a cama e o quarto que ela deixou. Fui deixada no caminho como um espólio de guerra sem serventia.

Eu me abandonava pelos cantos até ficar invisível. Deixei o esquecimento dos adultos chover sobre mim para crescer. Mantive-me atenta a eles. A ausência de outras crianças me beneficiou com o silêncio, aprendi a falar pouco e a ouvir o vento, o latido dos cachorros na rua, a chuva durante noite.

Léa aparecia de vez em quando e me presenteava com um tipo diferente de ausência. A presença de Léa provocava movimentos: Dona

Auxiliadora ficava feliz, Lurdinha irritada, eu continuava meu dia observando tudo pelo canto do olho. Algum brinquedo nas mãos em disfarce e a observação furtiva do mundo ao redor. Léa não aguentava minha quietude, meus olhos abertos seguindo seus movimentos, ela não conseguia ficar à vontade a meu lado. O silêncio estendia suas mãos fortes em torno da garganta frágil do sentimento que deveria existir entre nós. Sentimento desconstruído pela falta de gestos e palavras maternais. Sentimento talvez nunca construído pela falta de jeito que ela demonstrava em relação a mim. Léa, com seus cabelos coloridos, nunca aprendeu a pentear meus cabelos. Eu me sabia insignificante quando me comparava a ela, mas isso não significava muito para mim porque eu também sabia que em seguida ela ia embora e eu podia esquecer de onde vim. Apagar o endereço do útero. Minha consciência era uma membrana plasmática que fazia uso da permeabilidade seletiva: eu não transportava para dentro a indiferença de Léa. Quando ela ia embora eu já não estava ali.

No álbum de retratos em cima do criado-mudo, a menina que eu fui me olhava em preto e branco, meio de lado, mãos atrás das costas, encostando-se numa parede descascada do antigo quintal. Devolvi a desconfiança do olhar, mas em seguida me esforcei para sorrir, feito quem recebe visita inesperada. Estava na hora de começar a dar a ela coisas diferentes das que ela me dava. Ela era só uma criança e criança não tem alma.

Continuei folheando o álbum.

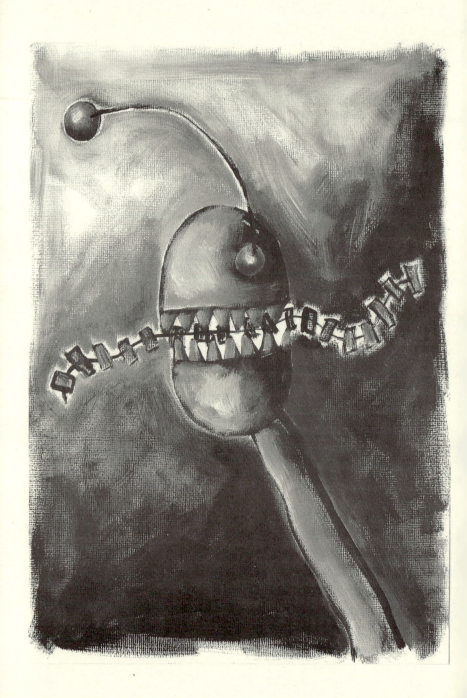

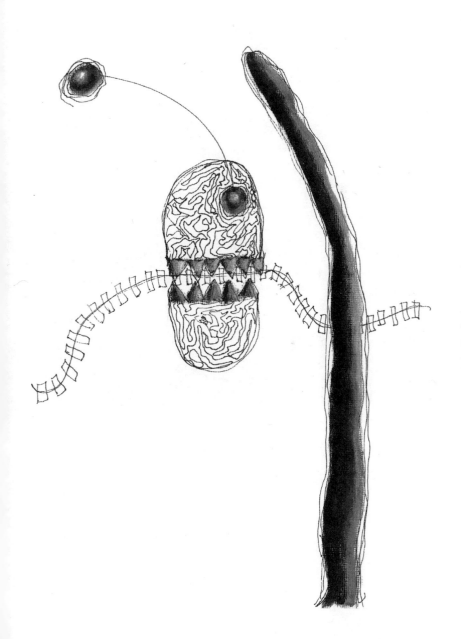

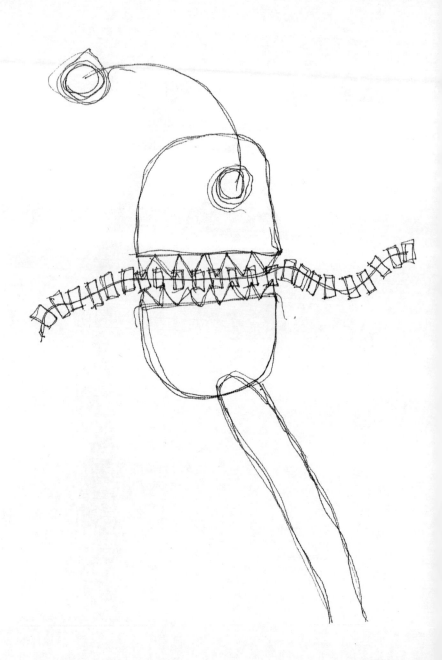

IX

A NOITE ESTÁ BONITA.

As pedras estão portuguesas e meu andar, difícil.

Luis estava curioso para conhecer a cidade e eu achei que seria bom ter os olhos dele para me ajudar a revê-la. Descobri que havia esquecido o jeito de caminhar sobre aquelas ruas. As ladeiras atravessadas em meu caminho.

Você poderia abstrair as pedras e olhar a lua.

Estamos românticos hoje?

Apenas observadores, estetas.

É impressão ou a viagem está lhe fazendo bem?

Digamos que a noite está bonita.

Luis olhava as luzes e sua voz já não sofria. Talvez ele ainda não soubesse, mas o cenário novo pedia um papel mais leve e Luis era um bom ator.

Você não acha que o ar aqui tem um perfume diferente?

Menos monóxido de carbono?

Estamos engraçadinhos também.

O passeio circulava em torno de amenidades, ainda assim uma pergunta começava a arranhar minha garganta. Engoli saliva para afogá-la e olhei o mar. O mar continuava engolindo a cidade. A paisagem da orla ficava árida com aquelas pedras empilhadas. Trincheira cavada ao contrário. Por aqui não passará, as pedras se esforçavam em dizer. Mas o mar passava pelas frestas. O mar ali era um rolo compressor que já havia devastado uma parte da cidade.

As pedras aqui têm cheiro. Essa cidade é um argumento para ficar acordado. Talvez eu gostasse de ser criança aqui.

O que Luis não sabia, e ia continuar sem saber, é que minha infância não foi de brincadeira. O mundo dos adultos, que vivia pendurado em meu berço feito um móbile, despencou muito cedo sobre meus cabelos. Minha infância continuava um caminho de pedras lisas e eu não tinha intenção de escorregar sobre elas.

Quem sabe de minha infância é o teto do quarto de Léa.

Deixei escapar.

Isso parece refrão de música barata. Você não dormia?

A verdade é que eu ficava acordada sonhando com dias perfeitos e esperando.

Então você aprendeu a esperar. Parabéns.

Eu gostava de olhar o teto e imaginar que minha vida era um filme para uma plateia invisível. Eu fazia pose diante do espelho e ensaiava frases de efeito para usar no dia seguinte. Era engraçado pensar que era a única a saber disso. O resto do mundo acordava e dormia na ignorância. Nunca avisei ninguém. Muitas vezes o espelho me serviu também para atestar minha existência. Apalpava meu rosto observando o reflexo gerado e isso acalmava minha dúvida maior: se a vida não era uma espécie de sonho. Porque quando sonhava tinha mais certezas, melhores resultados.

Minha infância não foi saudável.

Sentamos no coreto da praça. O barulho dos grilos na vegetação parecia aumentar os hiatos entre minha voz e a de Luis.

Acho que você era um pequeno monstro.

Agora sou grande.

Crescer é impróprio para menores. Eu desisti disso aí, minha pretensão é levar uma adolescência *ad aeternum* para o túmulo.

A noite espalhava uma paz de muro caiado. Paz de cemitério interiorano, que desconhece a frieza do granito. Aquecida pela cal branca.

Minha infância foi uma noite escura para não dormir. Para vigiar bichos que surgiam engavetados, uma tocaia, uma espera, ou coisa assim. Foi perfeita para observar a vida, afinal nascemos da espera e vivemos para ela, homens e insetos esperam passar a fase de larvas, está no contrato que não tivemos paciência para ler. As histórias se desenvolvem na espera, na esperança de algo. Ou de alguém. Um algoz? Os grilos cantavam e Luis, observado sob a luz do poste, não parecia que há alguns dias havia tentado suicídio. Luis continuava uma esfinge com suas perguntas sem resposta. Luis e seu egoísmo às avessas, sua passividade diante das filas. Contradições do gênero humano. Fazemos fila esperando: ser felizes, ou chegar a um fim. Mesmo quando em pé, em uma fila, Luis aparentava estar a passeio.

Sabe por que esquecemos de ler as letras miúdas, as notas de rodapé dos contratos, as restrições?

...

É porque sonhamos ser únicos, perfeitos. E acordamos irmanados, apodrecendo.

A noite era uma mariposa voando em torno da luz, havia questões no escuro, na hora certa eu precisaria acender vaga-lumes dentro da boca de Luis.

Eu havia esquecido o quanto essa cidade é bonita.

É linda.

O silêncio seguinte foi consequência das imagens antigas me pegando pelos dedos.

Meu primeiro beijo foi nessa praça. Foi a coisa mais esquisita que já me aconteceu. O garoto enfiando a língua em minha boca e eu sem saber o que fazer com aquela língua. Deviam ensinar a beijar nas escolas, a primeira vez pode ser bem traumática.

Não me parece que você tenha ficado traumatizada.

Desenvolvi um antídoto, passei a beijar todos para me acostumar.

É verdade, eu havia esquecido que você virou a chave durante a adolescência. Resolveu se jogar na vida.

Lembrei do sabor dos cachorros-quentes vendidos no portão da escola. Costumava comer dois no lanche.

Eu apenas descobri que o amor não valia os hormônios envolvidos em sua manutenção. Porque *os corpos se entendem, as almas não*.

Manuel Bandeira.

O amor e eu não fomos feitos um para o outro.

A noite foi feita para nós. Veja como a cidade nos convida.

Mas ficamos aqui sentados nesse coreto.

Porque estamos esperando.

O que?

O que não, quem. O Senhor *Godot*.

O Senhor *Godot* manda avisar que não vem.

Voltamos amanhã, está no contrato.

Nosso contrato era com a verdade, nem que fosse a de cada um e Luis precisava me responder uma pergunta.

Diz pra mim que você não tentou falar com Raul antes de viajarmos.

X

AMO A VERDADE POR ISSO confesso: sou um mentiroso.

Eu poderia dizer que o fato de não ter contado a Irene que tentei falar com Raul antes de viajar foi omissão. Poderia ainda alegar que a faixa que coloquei no pulso para mascarar a cicatriz do corte era uma maneira de me resguardar dos curiosos, ou apenas teatro, o levantar da quarta parede. Mas o amor à verdade me obriga a admitir que todas as alternativas são várias faces de uma mesma coisa: a mentira.

A mentira é uma senhora elegante que me convida a tomar chá de jasmim. Não resisto a sua sala cheia de obras de arte. Mentir é tecer fios e somos todos tecelões, parcos são os esforços humanos para lutar contra isso.

O pior, ou melhor, é que eu minto bem. Elaboro bem minhas mentiras e cerco-as de argumentos, construo ilhas para viver no palco. E, detalhe importante para quem quer saber mentir: nunca, nunca respondo a perguntas que não foram feitas, por isso tenho certeza de que não deixei escapar palavra alguma a respeito do meu telefonema para Raul.

Irene parece atravessar minhas intenções e pensamentos, fazendo radiografias.

Fui obrigado a contar para ela do meu telefonema para Raul e de como Silvio atendeu ao telefone.

Irene faz pactos e enxerga minha vontade. Minha vontade continuava fiel a Raul, mas Irene não precisava saber de detalhes, contei-lhe o que podia ser contado.

O diabo tocou flauta e meu coração dançou. Silvio foi elegante e eu estava apaixonado. Os apaixonados desconhecem elegância. Os apaixonados rastejam e festejam a sujeira do chão, amigos da intimidade dos vermes. Só os apaixonados não escondem suas secreções. Gritei e babei para me convencer do amor de Raul, desci ao inferno com o gancho do telefone entre os dedos. Implorei para saber, ter notícias, pedir perdão. Não houve chance. Chorei e Silvio foi piedoso, sugeriu-me novidades, viagens, ares. Sugeri que ele enfiasse a piedade no cu e bati o telefone.

Com Irene fui evasivo, enrolei palavras entre os dedos. Desconversei os olhos dela e continuei a mentir tentando me convencer de que a verdade pela metade é sempre alguma verdade. Mas a verdade é que a mentira me protege e Irene também, cada uma à sua maneira.

Não consegui convencer Irene, mas fui salvo por outra mentira.

Irene mentiu para mim, vi isso em seus dedos, na maneira como eles fugiram dentro dos bolsos enquanto ela me apresentava a um amigo de infância. Ou amigo sem infância, de clube, de praça, ela não conseguiu explicar muito bem ou eu é que não me debrucei sobre as explicações, aliviado que estava com a súbita e oportuna interrupção.

Nossa peça acabava ali, de maneira inesperada *Godot* entrava em cena.

O amigo, alguém bem mais velho que nós. Amigo de infância (impossível de ser compartilhada entre gerações diferentes), olhos de um Dioniso envelhecido se fossem dadas aos deuses as dádivas da velhice ou da morte. A morte é retorno e aquele homem era um deus em decadência. A caminho da humanidade. Arrumei os óculos e lamentei em silêncio não ter tido paciência para colocar minhas lentes. Gelatinosas. Sob a luz do poste eu vi a fuga dos dedos de Irene e o seu movimento mole de retorno para os joelhos que permaneceram colados, formando um ângulo reto, possíveis noventa graus de calor entre as pernas, os pés colados ao chão, duros.

Irene iludia em querer exibir tranquilidade, indiferença. Iludia-se. Encontrar aquele homem fazia toda diferença para a voz de Irene que se tornou incerta. Ela, a voz, uma vez recomposta, até podia enganar, mas as mãos e os joelhos não sabiam mentir. Lá estava Irene de novo desenhando coisas com o dedo indicador da mão direita sobre o joelho da perna esquerda enquanto me falava.

Moacyr, Luis.

Luis, Moacyr é um antigo amigo.

Essa era Irene tentando me convencer a me comportar como um criado velho, surdo-mudo numa peça renascentista. Fiquei quieto porque o pretenso amigo era um tesão e a vida é vaudeville.

XI

LAUDO COLONOSCÓPICO

Paciente em decúbito lateral esquerdo.

inspeção anal: Região perianal e anal sem alterações.

TOQUE RETAL: Ampola retal livre.

EXAME COLONOSCÓPICO: Introdução do aparelho sob visão direta. Reto com morfologia habitual e expansibilidade preservada. Mucosa íntegra. Padrão vascular e Válvulas de Houston preservadas. Na retrovisão, presença de botões hemorroidários grau I. A transição retossigmoidiana não foi possível de ser executada devido a presença de tumoração estenosante, endurecida, friável, com ulcerações em sua superfície. Realizadas biópsias e encaminhadas para estudo histopatológico.

Demais segmentos colônicos não foram examinados.

CONCLUSÃO: TUMOR DE JUNÇÃO RETOSSSIGMOIDIANA (ADENOCARCINOMA?)

OBS: comparar com histopatologia.

Dr. Paulo W. Freire

PERDI-ME DAQUELAS PALAVRAS. TERMINOLOGIA QUE não me salvava. Nem salvava minha avó que, de fato, não pensava em salvação enquanto retirava as folhas secas das plantas.

O dia trouxe o sol e seu calor. Minha avó acordou bem e foi para o quintal após o café da manhã. Lembro-me sempre dela assim. Sentada num banquinho baixo, no meio das plantas, retirando folhas secas, remexendo na terra. Conversando só. Aproveitando o silêncio preto da terra. Olhando agora me parece que ela nunca saiu dali, daquele canto do quintal. Ou foi minha memória que parou no tempo. Esqueceu de entrar no trem.

Guardei o relatório do exame dentro do envelope e o envelope dentro da gaveta do armário. Pensei em ir até o quintal desejar um bom dia a ela, mas o dia dela parecia bom o suficiente. Engavetei esse pensamento e voltei para o quarto.

Em frente ao espelho Luis lutava com as lentes de contato. Peguei um livro e fui para a sala porque não queria responder perguntas.

A queixa, comprimida na garrafa, quer escapar. Quando criança os livros eram meu esconderijo. Os livros e os filmes. Na adolescência, mais os filmes que os livros. Eu chorava assistindo a filmes idiotas, adorava isso. Ou talvez fosse minha maneira de fechar as portas de acesso a meu labirinto. Rever Moacyr mexeu comigo e eu sabia que estava dando voltas e enrolando o juízo para não pensar nem falar dessa história. De alguma estúpida maneira Moacyr me pareceu mais real agora e essa impressão me incomodava. Luis ia me cobrar respostas e eu tentava me manter inadimplente. Meu pensamento era uma traça se alimentando de papel sépia. Era uma água que se enfiava em qualquer fresta. Moacyr foi meu primeiro homem. Moacyr foi uma febre que me deu anticorpos para não seguir delirando.

Eu estava com quinze anos e nós havíamos nos tornado amantes. Voltava sozinha da escola, ele me alcançou a pretexto de me acompanhar.

O ano letivo estava liquidado, a festa de despedida na escola também. Eu era a dona do recorde de salgados e bolos comidos em festas. Magra porque sim, era o que me diziam. Entre as garotas eu era imbatível e naquela festa quebrei meu próprio recorde. Sempre fazíamos aquela brincadeira e sempre havia alguém que conseguia entrar com bebida escondida. Beber eu não bebia. Moacyr tragava escondido na garrafa de um aluno. Dançamos e suamos no pátio da escola. A comemoração sacudindo os amigos, canetas assinando os nomes na blusa da farda escolar. Fazíamos planos de continuarmos juntos na próxima sala de aula. As férias nos ameaçavam com o sol da praia e as festas de final de ano.

Moacyr me convidou para ir a sua casa.

Fui.

Uma rua pequena. Vizinhos ausentes ou atarefados. A sala arrumada, a estante com poucos livros e vários porta-retratos que vi de passagem porque os beijos dele me cegaram logo na entrada. Entramos no quarto. Cama também arrumada e Moacyr desarrumando minha blusa, minha calça na alcatifa do quarto. Criados completamente mudos ao lado da cama ouviam nossos ruídos e serviam-nos mais porta-retratos. O colchão macio me acolhendo. Moacyr dominava línguas e me falava doces palavrões. O teto com possíveis adesivos de estrelas. Moacyr sabia beijar os seios de uma mulher. Uma mulher de cabelos encaracolados beijava Moacyr na fotografia do lado direito da cama.

Quem é?

E o porta-retrato já estava em minhas mãos e as mãos dele agora então se livrando da própria roupa.

Minha mulher.

Onde ela está?

Foi passar o natal com a família no interior.

No meu interior um deslocamento do estômago para a boca. Pensei em perguntar pela aliança que nunca segurou seu dedo anelar. Só pensei. A boca de Moacyr beijando minhas pernas quebrava minha reação. Minha consciência reagia como um tornado tornando incoerente minha passividade. Casado. Moacyr. Outra vez, beijando minha boca e eu me deixando ficar, calada. Muda de vontade de ir embora. Muda. Sem coragem para dizer não. Sem língua enquanto a língua dele me lambia entre as pernas. Mexi o quadril para ajudá-lo a tirar minha calcinha.

Voltei para casa e vomitei todos os salgados e bolos da festa.

Minha avó vomitava, o ruído dos espasmos fugiam pela garganta e circulavam pelos vãos da casa. O estômago revolvia e devolvia o azedume das coisas que já não digeria. Os intestinos também sinalizavam problema. Um cheiro forte de fezes chegou até mim antes que eu me movesse na direção da ajuda. Lurdinha falava alto na porta do banheiro, brigava por ela estar fazendo esforços no quintal. Por ter comido alguma coisa que não entendi o que. A voz de Lurdinha fazia confusão em meu ouvido e o cheiro passou a me provocar ânsias. Doença me confunde. Estar vivo é estar doente, mas não sei lidar com a dependência gerada por isso. Odeio lamentação, lamúria, odeio com a mesma intensidade a falta de lamentação, o sofrimento digno, abnegado. Mártir. Alguém que se entrega aos vermes. Passivamente. A dignidade existe em olhar na cara da dor e rosnar. Mostrar-lhe os dentes. Avançar sobre ela e mordê-la se necessário, tirar sangue do sangue. A voz de Lurdinha espalhava aflição. O sofá aflito com Luis que surgiu sentado a meu lado. Fui obrigada a abandonar o livro e aceitar a mão de Luis entre as minhas.

Fica aí. Vou ver o que posso fazer.

Luis parecia mais órfão do que minha avó. A fragilidade dos olhos me seguindo em busca de amparo. Deixei-o sentado e constrangido pelo odor da doença alheia que se impunha sem perguntar quem estava em casa. Mastiguei minha náusea e entrei no banheiro para auxiliar Lurdinha a limpar aquela sujeira. Minha avó embaixo do chuveiro aguardava resignada. Chorava? A água escorria sobre nossas mãos que se esbarravam aqui e ali enquanto esfregávamos a pele dela, o sabonete espumando na determinação de varrer de nossos olhos e narizes o incômodo da condição humana. A flacidez do corpo de D. Auxiliadora assustou minhas lembranças, não contive a covardia de invadir sua privacidade. Observei os desenhos feitos pelo tempo procurando entender a química, o apodrecimento que nos acompanha e nos lembra nosso destino certo: virar vermes sob a terra. Olhei os olhos de Lurdinha e vi que ela só tinha olhos para diminuir a dor da mãe.

Devolvemos o quarto a minha avó. Ela protestava e apresentava uma resistência enfraquecida. Dizia que não gostava daquele lugar nem das pessoas que viviam ali. Pediu-me, com olhar firme, que a levasse de volta para casa. Parecia de verdade. A voz dela fabricava miragens. Olhei outra vez Lurdinha e não falei nada. Guardei o olhar que Lurdinha me devolveu no bolso. Depois de ajudar a colocá-la de volta na cama e deixar as duas lá, fui ao banheiro. Vomitei até me doer as vísceras.

Encontrei Luis na entrada do corredor. Saímos em direção ao mar.

XII

SOU UM SER HUMANO SEM acabamento, sem aparas. Nunca estarei pronto para a vida, ou mesmo para a morte. Eu não estava pronto para aquela cena. A vida se desfazendo, liquefazendo-se em resíduos. E o cheiro. Os olhos da avó de Irene, na saída do banheiro, pareciam enxergar o que não sei, já não quero saber, já não sei o que quero. Instalei-me na vida feito mambembe e contemplo a margem sem pressa para ir embora. Ela sim está se preparando para morrer. Minha capacidade não é tanta. Descobri que prefiro ser atacado pela morte sem aviso. Pelas costas.

Irene sorriu quando falei isso para ela e emendei: De costas tudo é mais fácil de ser encarado. Encarei o sol balançando sobre as ondas, uma sombra pelo avesso. Luz decomposta.

Minha lembrança deslizou para o azul do olhar de Raul. Minha vontade era sujar os olhos dele com a cor poluída daquele mar, até os olhos dele criarem sargaço e exalarem um igual cheiro doce e forte. Até ficar insuportável e escorregadio olhar para ele. Foi só uma coisa que eu quis enquanto Irene parecia escorrer para longe dali.

Quando você voltar, vai me deixar ficar ao seu lado?

Irene balançou a cabeça. Sim. Nem ouviu o que eu falei.

O mar, mesmo sujo, lavava o desejo de ter Raul. Ou sujava esse desejo e fazia dele outra coisa. Uma coisa amorfa que não cabia sob as unhas.

A lembrança do olho dele sob meus punhos, a violência da minha resposta. Raul me dizendo não apenas com palavras, Raul me falando pelo azul da retina que não queria mais me ver. E aí eu quis que não me visse mesmo, que tivesse os olhos arrancados. Meus olhos arrancando do mar a constatação de que eu possivelmente varri Raul da minha vida naquele dia. Pensei em dividir esse peso com Irene. Mas não. Meu egoísmo não chegava a tanto.

Irene, minha bússola, perdia seu norte olhando aquelas águas. Indagava forças.

Olhei o rosto de Irene pelo canto do olho. Era dali. Sim. Daquele mar verde-barrento vinha a energia de Irene. Aquela arrebentação sem fim. Aquele baque, que gostava de cair e se levantar para cair de novo, em espasmos.

Conheci o mar já quase adulto. Minha família não costumava ir à praia. Coisa de quem vive em cidade sem mar. O teatro chegou antes. O teatro amarrou o cordão umbilical cortado, secou feridas, deixou vestígios. Foi o palco que conheceu minha navegação. Submergi em personagens. Foi em cena que aprendi quem não sou, por isso desconheço essa natureza que rasga conceitos com sua simplicidade. Vivo elaborando as coisas. Nunca vou acabar, ser inteiro. Minha inteireza se manifesta em momentos, recortes que faço no tempo, imagens congeladas no freezer, enroladas em descarpack para não apodrecer. Os braços de Raul que apenas tentaram me fazer parar, movimentando-se desconexos, defendendo-se. Os meus braços que afirmaram murros no rosto dele. Silêncio. E a vontade de morrer em seguida. Mas nem isso eu fiz por merecer. Meus pedaços continuam me assombrando e minha cabeça é uma casa vazia, oca, com a voz de Irene fazendo eco.

A avó de Irene era alguém inteiro. Morria agora também por inteiro, aos poucos. Vomitava os pedaços que o câncer não digeria, inundava nossas fossas nasais com seu mau cheiro. Coisa difícil de ser suportada é o conhecimento da merda alheia. Irene não sabia o que fazer com aquilo. Eu sabia que nada do que eu dissesse ajudaria, nada eliminaria os restos fermentados de comida que ela ajudou a limpar no banheiro da casa, ou o cheiro possivelmente impregnado em seu olhar. A visão da morte próxima. Ou da morte do próximo mais próximo que era a sua avó. Não. Nenhuma palavra minha faria brisa em seus ouvidos. Saímos em silêncio. Saímos para caminhar pela orla inexistente, sentamos numa pedra, o mar salpicava nossos pés. E Irene ali. Irene um tempo calada, um tempo procurando o olhar em algum lugar entre o vento e o sal marinho. Eu precisava fazer alguma coisa absurda para tirá-la de onde estava.

Você não vai mesmo me falar nada a respeito do seu amigo Moacyr? É casado.

Credo, como você anda fora de época.

A época é que anda fora de si.

Era melhor não insistir. Qualquer hora ela falaria sozinha e eu estaria por perto, ouvindo. O ombro de Irene se apoiou no meu e eu a abracei.

O rosto é o lugar onde o sentido desenha signos na carne. Lembrei de um dicionário de teatro, verbete: mímica. Irene ombreada comigo sonegava o rosto. Passei a mão esquerda pelo rosto dela livrando os cabelos dos olhos, depois levei a boca até a mesma mão. Molhada. O sal da lágrima de Irene preencheu minha saliva: Irene estava engolindo o mar com os olhos e regurgitando.

Apertei meu braço em torno dela e invejei as certezas que Irene não sabia que tinha.

XIII

MINHA AVÓ RESOLVEU SE ESCONDER da dor.

Luis conservou o silêncio e me deu oportunidade para desenvolver o raciocínio: aos 84 anos a senilidade não é ainda uma imposição. Há escolha. Algumas pessoas precisam viver mais tempo para serem alcançadas pelo esquecimento. Ela se adiantou.

Aproveitei outro pedaço do silêncio dele para, outra vez, pensar alto. Talvez seja melhor assim. Esquecer quem é e esquecer seu lugar. Pode ser que, para ela, a dor já não traga salvação.

Está duvidando de seus próprios conceitos?

E eu ainda conseguia surpreender Luis. Talvez ele duvidasse de minha vocação para a incoerência, mas a verdade é que minhas certezas sempre nasceram da crença de que não há certezas. O movimento é a única realidade concreta.

A ambiguidade que enxergo em tudo é o inferno que eu carrego na bolsa. A todos os lugares. É ela que me mostra o mundo com lentes de grau, ela é o labirinto de dúvidas onde a falta de fé me confinou. Invejo os puros de coração e suas crenças. Meu músculo cardíaco manchado e incoerente sempre procurou respostas apesar de saber que só existem perguntas.

O mundo é um lugar de passagem. Um corredor que finda em outro corredor e mais outro e mais outro e outro sem mais.

Luis costumava me dizer que esse meu mundo estava impregnado de corredores hospitalares. O mundo cheirando a éter e se hidratando com soro. Luis sentado a meu lado nas pedras da orla me ancorava. Luis de boca muda até que eu quisesse falar e eu me negando para não aprofundar com as palavras a infâmia da doença de minha avó. A devassa fora suficiente por um dia.

Luis continuou me segurando pelo ombro enquanto voltávamos para a casa de minha avó. Ele, distraído da própria dor, se esquecia de tentar fugir, o momento pertencia a ela: Dona Auxiliadora. No final das contas, Luis poderia tirá-la para dançar. O ritmo deles era o mesmo embora dançassem músicas diferentes.

A sala da casa estava vazia. Uma voz familiar veio pela porta do quarto e entrou em meus ouvidos sem bater. Com o polegar da mão direita escrevi sobre o indicador da mesma mão: *Léa*.

Léa usava os cabelos vermelhos e aquilo costumava chamar a atenção. Léa tinha pernas que andavam pelas ladeiras e atraía olhares. Léa usava uma saia curta estampada e, sentada num banco mal iluminado da praça, beijava um rapaz. A mão dele caminhava por sua coxa. Passei com algumas amigas e fiz de conta que não vi. Uma delas apontou: Não é a sua mãe? Sim era. Eu tinha doze anos.

Eu não me importava que minhas amigas comentassem em seguida que o rapaz era bem mais novo que ela. Usando a expressão: bem mais novo. Nem me importava que, vez por outra, cochichassem coisas a respeito dela. Eu só não gostava da gargalhada dela nem da maneira como ela olhava para mim. É, talvez minha permeabilidade não fosse tão seletiva. Talvez minhas organelas sintetizassem o desprezo de Léa para se alimentar.

Eu não era a única a enxergar Léa através dessas lentes.

Lurdinha também se incomodava com a presença dela, mas reagia de outra maneira. Não conseguia abafar seu incômodo, ficava inquieta e irritada. Lurdinha tinha seus motivos.

Lurdinha saía do quarto com sua eterna bandeja de sucos. Léa, sentada na poltrona ao lado da cama, levou dois terços de minuto para me reconhecer. Eu, em pé na porta do quarto, levei o outro terço do mesmo minuto para cumprimentá-la e apresentar Luis que entrou comigo no quarto.

Léa estava loura e puxou um cigarro da bolsa. Fiz um movimento para que não fumasse lá dentro. Léa ficou com o cigarro entre os dedos da mão esquerda e o isqueiro na outra mão, como se não tivesse acatado completamente meu pedido. Não acendeu o cigarro. Perguntou de minha vida, de meu trabalho. Da licença que consegui para estar ali. Uma semana. Olhava Luis pelo canto do olho, parecia estar decidindo qual era o papel dele em minha vida.

Minha filha veio me buscar.

Minha avó que segurava a mão dela atravessou minhas respostas.

Irene, sua mãe veio para nos levar para casa.

Minha avó olhava para mim e gesticulava como se eu devesse arrumar malas para viagem.

Você vai me levar?

Perguntei.

Lógico. Aonde eu for você vai junto. Você e Deus.

Olhei para minha avó e me lembrei de como ela falava comigo quando criança. Não respondi. Não havia o que dizer. A mão dela sobre a mão de Léa estava ansiosa, os dedos pressionavam, tentavam puxar a mão debaixo da sua.

Meus olhos subiram pelo braço de Léa. Tropeçaram em manchas que surgiam silenciosas por baixo do tom bronzeado da pele. Pequenos relevos dançavam sob uma casca finíssima, sutil, coisas que iam além da ação da lei da gravidade. A passagem do tempo se acalentava nos braços de Léa. Aquilo devia ser grave para ela. No rosto, a boca avermelhada pelo batom dava o tom de palavras tortas, desconfiava dos movimentos que marcavam, vincavam a falta de sorriso. Os olhos continuavam mudos. Pelo ombro, escorriam cabelos.

Lurdinha voltou ao quarto e eu aproveitei para puxar Luis pela manga e sair usando, sempre, a justificativa de um banho.

Antes, observei a claridade que entrava pela janela. Os cabelos louros de Léa envelheciam.

XIV

MEU DESEJO NÃO É UM animal de estimação criado na cozinha, amarrado ao pé do fogão, domesticado pela necessidade. Meu desejo não consegue se alimentar de sobras. Meu desejo ataca. Predador, vigilante, que na noite se consome. Devora-se. É Dioniso ambivalente e embriagado, portador do furor de vida e morte. Dioniso exercendo sua paixão sombria, sacrificando seus servos. Sou sua única presa, vítima, seu alimento principal. Meu desejo me joga ao chão.

Desconfio que essa ânsia, essa urgência que ele acorda em mim, não pertence a Raul nem a qualquer outro. Ela nasce em mim, alimenta-se de mim e me devorando morre comigo. É a maneira que eu conheço de não precisar ser alguém. Um ensaio para completar o que não sei, nunca quis saber.

Com o desprezo isso também acontece.

O desprezo que Raul atirou na minha vida, na verdade nasceu de dentro dela. Germinou e amadureceu no escuro de dentro dela. Todo aquele desamor era natural em mim, era muito meu, fui eu quem arrancou aquilo dele. Foi o meu comportamento o caldo que alimentou a voz de Raul.

Raul me disse com uma voz qualquer que não abandonaria Silvio. Que estava na hora de pararmos com aquilo. Feito quem não sabia que mal havíamos começado. Raul começou dizendo que não sabia lidar com traição, esquecendo-se que ele próprio estava traindo, Raul sentiu-se ferido ao descobrir que eu o traí. Assim que tive oportunidade.

Raul, Raul, se você soubesse que a traição era eu me dilacerando sobre o altar de Dioniso, oferecendo-me para o sacrifício. A traição foi a forma que encontrei de lhe dizer que eu não merecia seu amor, que nunca mereci nem mesmo o meu amor.

Troquei telefone com um garoto numa festa de amigos do teatro. Troquei não apenas telefone, também línguas molhadas de beijos, afagos, com um garoto numa festa de amigos do teatro. Toquei mãos, peito sem pelos, coxas úmidas de um garoto numa festa de amigos. Puro teatro.

Uma daquelas festas cheias de pessoas que não enxergamos porque a ausência de luz domina todas as salas. Uma daquelas festas em que as pessoas se reconhecem ou deixam de reconhecer pelo cheiro. Um garoto cheirando a jasmim, doce, feminino, aproximou sua voz do meu ouvido bêbado. Uma embriaguez como a do vinho tinto e um punhado de jasmins.

Não foi a bebida e sim o som daquela voz que conduziu minha mão até a maciez nervosa entre suas pernas. O sexo dele também cheirava a jasmim, jasmim em botão que explorei com os dedos, pétala por pétala a flor do cu. Dioniso é um guia cuidadoso, nos conduz por entre fendas. Experimentei a umidade do corpo dele num dos banheiros da casa, coisa muito natural numa festa, coisa muito natural na vida de um animal humano.

Eu tinha estado com Raul durante a tarde. Nem lembrei disso. O garoto não me lembrava Raul, o garoto era um demônio dionisíaco que morava em mim e criava vida, e tomava forma no cheiro de jasmim. E na voz. Doce e perfumada.

Sou um servo do deus do teatro, aceito sua posse e sua crueldade. É mais fácil creditar a ele a responsabilidade pelos meus desacertos

Raul não entendeu. Uma parte de mim entendia, outra parte indignava-se, a sabedoria e a intemperança, domínios do deus do teatro. Meu olho esquerdo me olhava com desprezo enquanto o direito piscava indiferente. Eu sabia que não estava em condições de receber o amor de Raul, nem qualquer amor, mesmo assim indignei-me com a atitude dele. Escolhi não aceitar seu desprezo porque era o mais irracional a fazer. Brigar. Bater em Raul. Expulsá-lo de vez da minha vida sob pretexto de mantê-lo ao meu lado.

Ao meu lado o asfalto amolece e adquire formas. A dor contém uma promessa de consagração, mas isso só acontece nas tragédias teatrais e a minha vida é banal ao extremo para se transformar em tragédia. O êxtase da posse dionisíaca se esvaiu e em seu lugar se acomodou a dor. Pontada nas costelas num dos lados. Não quero pensar se no esquerdo, meu direito à letargia, ao desejo de ficar aqui, caído, pelo que resta da noite, ou por extensão, do dia, é a única coisa que quero manter. Com as lembranças de Raul e do que lhe causei fiz compotas que degusto. Conservo os braços cruzados sobre o abdome, tentativa inútil de segurar uma dor velha. Que me sorri sem dentes.

Não foram as agressões, os pontapés que puseram essa dor no meu corpo. Não foi o golpe de perceber que o anjo de camisa verde derrubou seu olhar sobre mim sem verdadeiro interesse, ou por puro interesse. Não. Essa dor não se acendeu com a descoberta de que meu anjo me armou uma cilada, um ardil para me atrair àquela parte da orla, escura e vazia durante a noite.

Eu havia dito a Irene que precisava caminhar um pouco sozinho. Eu havia dito a mim que precisava de um pouco de carinho.

Os olhos castanhos combinando com a camisa verde. Meu anjo torto anunciando o apocalipse. Meu anjo trazendo a notícia de que Dioniso é destruição e equilíbrio. Meu anjo, mais um a quem causei decepção. Na verdade a solidão que eu buscava era outra, uma solidão que só se encontra em ponto de michês. Meu anjo estúpido me confundiu com um turista abonado, um publicitário em férias quem sabe, um administrador em congresso. Meu anjo de asas verdes não esperava encontrar alguém que não é ninguém. Meu anjo emprestado do inferno não aguentou encontrar um ator que só queria comprar um copo da sua embriaguez santa, um antigo amigo do deus desenfreado. Meu anjo, de olhar duro e punhos castanhos, emboscou-me junto a outros dois.

Uma legião recém-caída.

Eu teria dado, de bom grado, dinheiro. Se tivesse trabalho. Eu teria dado a chave do carro. Se eu tivesse uma porta para abrir. Eu teria dado uma caixa de bombons. Se tivesse tempo. Eu teria dado amor. Se tivesse. Tenho lembranças e alguma vontade de voltar a me sentir vivo. E alguma vontade de voltar a me sentir homem. No corpo de outro homem.

Não era o dia certo para voltar do reino dos mortos.

XV

QUANDO É AGORA QUE ERA a hora de você trabalhar pra me ajudar o que é que você faz? Você arruma mulher. E eu? Como é que fica tudo que eu gastei pra te criar a vida toda? As noites que não dormi. Você doente precisando de mim. Quando sou eu que preciso você diz que quer viver sua vida. Mas quem foi que lhe deu essa vida? Isso não vale nada? Tanto tempo jogado fora, vida afora. Tudo de graça? Mas faz muita graça mesmo isso.

Lurdinha do lado de fora da casa de minha avó pedia calma às listras do vestido de uma senhora. Um rapaz, de cabeça baixa, ouvia. Léa, sentada do lado de dentro da sala, apertava um cigarro aceso entre os dedos da mão direita. A luz do poste, amarela de vergonha, completava o quadro na rua.

Luis havia saído para explorar a noite da cidade. Fiquei lendo para minha avó enquanto ela dormia. Mais para me certificar de que ela, de fato, dormia. Minha avó tinha estado agitada durante a tarde e mesmo a visita de Léa não parecia tê-la acalmado. Lurdinha já havia me prevenido de que ela, vez por outra, abandonava a lucidez. Mas vê-la agindo daquela maneira intensificava o choque de constatar que ela vivia vigiada pela morte. Mesmo sabendo que o tempo e a idade costumam trazer a desmemória. Para alguns mais tarde, para ela a tempo. Senilidade.

E cadê ela? Eu quero falar com ela, quero atirar bem no meio da cara dela uma pergunta: se está satisfeita com o que está fazendo. Uma mulher velha que não se enxerga.

A voz da senhora chegava em frases cortadas. Léa levantou-se e cruzou comigo no corredor a caminho do quintal. A fumaça do cigarro caminhou atrás. Voltei ao quarto de minha avó e da porta vi que ela continuava dormindo. O livro no criado-mudo, por ora calado, e a ordem de seu mundo em segurança. Fechei a porta para que a ladainha da mulher lá fora não a perturbasse.

A perturbação da fumaça do cigarro de Léa era um reflexo de seu estado. Ela estava no quintal escuro, mas a luz indireta da cozinha dava notícias de seu nervosismo.

Embora eu soubesse apenas pelas frases que Lurdinha deixava escapar, o que faltava da história do namoro de Léa eu podia intuir. Ela perpetuava um padrão que seu comportamento conhecia. Sempre era atraída por homens mais jovens. Eu nunca soube até que ponto isso era uma opção ou uma maldição. Mesmo meu pai obedeceu a essa premissa, mas meu pai era outra história.

Meu pai fazia faculdade de farmácia e conheceu Lurdinha numa sorveteria. Ela estava com dezoito anos e meu pai era dois anos mais velho. Meu pai derrubou, sobre o vestido bordado de Lurdinha, sorvete de mangaba. Ela não se aborreceu, não reclamou. Lurdinha achou graça porque na confusão ele arrumou os óculos com a mão esquerda melada de sorvete. Meu pai se apaixonou pelo sorriso de Lurdinha que se apaixonou de volta pelo jeito comum dele. Em comum eles tinham o riso fácil, mas tímido. Pela metade. Era comum para ela lembrar-se de detalhes porque se acostumou a viver de retalhos. Lurdinha nunca mais esqueceu o sabor de sorvete preferido pelo meu pai. Mangaba.

Lurdinha e meu pai namoraram durante um ano e meio mês. Foi quando ela achou que estava na hora de apresentá-lo à família.

Desde a adolescência Léa e Lurdinha não conseguiam se entender. Ou antes, desde a infância elas tinham em comum apenas o fato de terem sido irrigadas pelo sangue de minha avó enquanto habitavam sua barriga. Em períodos separados por dez anos de vida. A exuberância de Léa contrastava com a simplicidade de Lurdinha, elas materializavam o lugar-comum da rivalidade entre irmãs e minha avó era o advogado que defendia e juiz que absolvia Léa. Dona Auxiliadora era quem convencia Lurdinha a vestir uma insignificância que ela também se incumbia de lhe dar.

Lurdinha se acostumou a ser dez anos mais nova que Léa e a não ser a filha adorada por minha avó. Léa sempre foi senhora absoluta do carinho de Dona Auxiliadora. Outra coisa à qual Lurdinha estava acostumada era a ceder em favor dos caprichos de Léa. E, naquele caso, Léa caprichou.

Meu pai se chamava João Paulo e Léa se apaixonou pelo desinteresse que ele demonstrava por ela. Cercou-o de sedução. Meu pai não conseguiu fugir durante muito tempo, depois que Lurdinha acabou o namoro.

Lurdinha, até onde eu percebo, nunca esqueceu meu pai.

Voltei à sala. O rapaz se desculpava com Lurdinha, as listras do vestido da senhora já não estavam lá. Eu não queria estar lá, não queria me envolver com mais aquilo, de fato não queria envolvimento com nada que me devolvesse minha história.

Léa continuava no quintal e, pelas minhas contas, já devia estar no terceiro cigarro. Observei Lurdinha conversando com o rapaz, o cabelo castanho, aceso pela iluminação pública, se distraía com o vento na altura do ombro. Lurdinha continuava bonita. Uma beleza que ela parecia esquecida, ou não convencida, de possuir. Lembrei do sorvete de mangaba, gosto que eu tinha em comum com meu pai.

Outro acordo mudo existia entre as três: Lurdinha cuidava de mim. Embora minha avó reinasse naquela casa, era Lurdinha quem fazia as coisas existirem. Sem alarde. De fato, era ela quem me mantinha alimentada e limpa. E era ela quem guardava o poder real sobre a minha rotina.

Uma vez levei Lurdinha até o quintal e lhe mostrei um pequeno lagarto que eu havia aberto para minhas pesquisas. A cabeça do lagarto estava quase esmagada pela pedrada que lhe dei. A barriga aberta e as vísceras remexidas. Eu havia me apropriado de uma pinça de Léa e a usava para pegar as tripas do pesquisado e puxar para fora do corpo. Minhas pesquisas consistiam em observar as vísceras do bicho de perto, escancarando a morte. Nunca vou esquecer a cara dela ao ver a cena. Quase vomitou. Segurou seu asco com a mão direita sobre o colo e uma profunda inspiração. Expirou. Pediu-me, com uma voz controlada, para não fazer mais aquilo. Perguntou-me se eu estava triste com alguma coisa, me levou para a cozinha e serviu sorvete de mangaba para mim.

Não entendi coisa alguma. Fiquei feliz com o sorvete.

Lurdinha entrou só em casa. Não vi que direção o rapaz tomou. Dirigi meu olhar para a bolsa de Léa que passava pendurada em seu ombro e cruzava com Lurdinha na porta da rua. Sem se despedir. Resolvi voltar para o quarto e esperar Luis quando Lurdinha me chamou. Era Luis.

XVI

NÃO TENHO O CORO GREGO para me chamar à consciência ou atenuar meus erros. Não sou um herói para merecê-lo.

Viajo na velocidade do desejo e visito minhas sombras.

Todo desejo é uma forma de oração, uma conjuração, um juramento que devemos fazer se quisermos nos manter fiéis a quem somos. Jurei meu amor a Raul, por isso, caído no calçamento, sussurrava seu nome como quem recita um mantra: Raul, Raul, Raul, Raul. Como um encantamento, uma auto-hipnose. Tentativa de me convencer de que aquele amor era real e eterno.

Como se a eternidade fosse uma opção.

Se ao menos meu anjo houvesse me permitido gozar antes de me bater.

Todo desejo é de alguma forma uma oração, uma conjuração contra a morte. Uma conspiração da vida.

A vida observada da perspectiva de uma formiga se arrasta e foge dos inevitáveis solados de sapatos, parece sem saída, atravessa becos escuros. Eu era menos que uma formiga no chão. Minhas lembranças eram gigantes a um passo de me achatarem contra o calçamento. Minha vontade era permanecer atirado ao solo, calcificar meu corpo naquelas pedras, virar fóssil. Âmbar como a luz do poste.

Mas os deuses haviam planejado coisa diferente.

Zeus resolveu me enviar Hermes, o psicopompo, para me trazer de volta do reino de Hades. Existe ainda a possibilidade de não ter sido de Zeus essa resolução, a solução para minha morte. Hermes sempre gozou de certa autonomia.

Irene ficou assustada quando me viu chegar amparado. Meu rosto parcialmente machucado e minha roupa eram testemunhas da violência que tinha vindo a mim. A violência de quem muito quer. Foi ela quem me visitou. Foi também ela quem convocou Hermes, o psicopompo.

Irene ficou estupefata a me ver chegar amparado, minha roupa parcialmente machucada e meu rosto eram o testemunho da minha tranquilidade. Eu estava sereno por voltar. Depois de algum tempo no limbo, eu voltava pelas mãos de Hermes e estava feliz, e pagava a Hermes o meu resgate com a moeda que escondi na boca. Entre os dentes. Eu sorria a troco da dor, pontada nas costelas. Não quis pensar se do lado esquerdo, meu direito à serenidade adquiri com ela: a dor.

Você não vale uma moeda esburacada, Raul costumava repetir. E eu desconfiava do meu valor. Olhando de esguelha a pele do braço de Hermes que me amparava agradeci a Raul. Agradeci em silêncio o desprezo e o abandono. Agradeci o caminho que ele jogou sob meus pés. Caminho que me ensinou a chegar até ali. Agradeci também ao meu anjo, por me transportar nas asas de seus punhos, por me depositar naquela praia. Diante do cheiro adocicado de sargaço e do mar barrento, tudo laboratório, para aquele encontro.

Irene nos conduziu até a cozinha e tomou providências. Irene pouco falou e não fez perguntas enquanto eu tagarelava amenidades. Irene mais uma vez apenas cuidava e, no miolo, ruminava ideias acerca da aparente contradição entre a situação e meu indisfarçável ânimo. Irene desenhava coisas que nem desconfio, com a mão direita sobre a toalha da mesa da cozinha. Lurdinha, também silenciosa, trocou o suco por um café enquanto uma bolsa de gelo conduzia a mão de Irene sobre o meu rosto.

O meu Hermes observava do outro lado da mesa e segurava a xícara de café entre as duas mãos como se sentisse frio. Entre uma recomendação e outra que Irene desfiava diante do meu rosto machucado, meus olhos marcavam encontro com os dele. As mãos de Irene percebiam e aí seus cuidados se transformavam em carícia. Ou eu é que os sentia assim, porque os olhos do psicopompo e suas mãos na xícara realizavam essa alquimia.

Meu psicopompo se chamava Antonio e, embora nada tenha sido dito a esse respeito, eu intuí o que ele estaria fazendo àquela hora da noite na praia. Antonio me encontrou caído e me ofereceu ajuda. Não me perguntou o que tinha acontecido. Baixou os olhos, tímido pela metade, quando comentei que o incidente tinha valido a pena por me proporcionar o encontro com ele. Levou-me de volta e, mesmo sem saber, estava me guiando no retorno do reino dos mortos.

Beijei Antonio no caminho para a casa da avó de Irene e o convenci de que a eternidade é uma troca de salivas. Mas Irene não saberia disso, ao menos não naquela noite.

XVII

SENTIMOS PRAZER EM ACEITAR A mentira do cinema. Cada cena, cada incoerência alivia nossos ossos, e nos preenche de uma coisa que é quase felicidade injetada na medula. Sentimento de criança vestindo roupa nova para exibir num passeio.

A única fuga possível era pular num rio caudaloso, furado por pedras, e, em seguida, descer em queda livre por uma cachoeira gigantesca. Um tule de água fofa, espichado e violento. A queda terminava em outro trecho do rio ainda mais loteado de pedras. E tudo feito com naturalidade ímpar. E, o mais assustador, aceito por mim com a mesma naturalidade. O filme acabou, foi embora e eu nem lembrava do nome. Coisas que a falta de sono nos leva a fazer. De madrugada, tevê no quarto e um remoto controle entre os dedos. Enfim desligados. Filme apagado na tela. Guardei o conforto algo absurdo de tê-lo assistido, e era igual a ouvir a respiração, sem tropeços, de Luis dormindo a salvo. Na cama do outro lado do quarto.

Luis, meu presente devolvido. Nem precisei fazer perguntas para adivinhar a sinopse do passeio noturno dele. Michês e violência constituíam uma fração com variantes diretamente proporcionais. Antonio ficava sendo a incógnita a ser calculada, mas isso podia esperar mais um dia, uma noite. Um sonho bem dormido.

Alisei as paredes com olhos de luz apagada e pude ver, em silêncio, as sombras de uma história mal crescida. Era o mesmo quarto escurecido e úmido. Ecossistema de mim.

O quarto de Léa funcionou feito um manguezal silencioso, solitário, visitado por pouca luz solar. No quarto de Léa finquei raízes e bebi a água salgada que me foi oferecida para crescer na companhia de caranguejos e cracas.

Luis se virou na cama. Apurei a vista em sua direção e, atravessando a ausência de luz, percebi que sorria. Luis devia ter bons sonhos. Pagaria por eles se pudesse, pareciam valer o que vivemos até ali.

Você não vale uma moeda achada na rua.

Pedro mudou-se para a casa ao lado da nossa e gostava de ficar no quintal conversando comigo por cima do muro, que, quando eu estava com 17 anos, ainda era baixo.

Se eu valesse, você não gastaria tempo comigo.

Pedro encontrava graça em minha resposta. Era nosso jogo. Segredos que multiplicávamos a dois, entre risos. Pedro flertava comigo e eu brincava de corresponder. Eu gostava do sorriso dele, por isso íamos ao cinema assistir a comédias idiotas. O sorriso dele transformava-se em gargalhada sem dificuldade e isso era bom. E ouvir o som aberto da gargalhada também era bom. Ajudava-me a fazer o mesmo. O riso precisa de cumplicidade, ao contrário da dor que pede para ficar só.

Pedro se tornou minha companhia frequente e eu pensei que sorrindo junto com ele eu seria feliz. Durou algum tempo esse pensamento. Às vezes, enquanto o filme deslizava na tela a mão dele escorregava sobre minhas pernas e eu permitia até o ponto em que podia considerar como brincadeira. Se a mão tentava ser mais firme eu repelia com uma tapa. Ele fazia de conta que aceitava e vivíamos em acordo.

Uma vez nos beijamos no cinema. Só uma vez.

Eu tentava ser leve, jovem, esquecer que nasci mofada. Mas havia Moacyr. Minha âncora apodrecida.

Após a última vez em que fizemos sexo em sua casa eu não quis mais vê-lo. No ano seguinte havia uma professora de inglês durante a aula que seria dele. Soube que Moacyr ensinava outras turmas e não nos encontraríamos com assiduidade pelos corredores da escola. Uma vez que as circunstâncias não nos obrigavam, fiz questão de não aproveitar as oportunidades que ele criou. Eu não queria mais estar com Moacyr. Ou ainda, eu queria, mas não queria querer. Quando o via, meu sexo brincava de gangorra com o estômago. Em um extremo a vontade de trepar com ele e no outro a lembrança da última vez em que isso tinha acontecido. Os cadáveres dos salgadinhos que comi na festa do colégio ficaram morando dentro de minha víscera estomacal e ameaçavam voltar à vida escalando suas paredes e forçando saída garganta afora. Era uma sensação real e impositiva.

Moacyr impedia minha leveza, minha juventude. Impondo sua presença, obrigando-me a lembrar quem eu era. Puxava-me para dentro de minha lama interior.

Moacyr tentou forçar alguns encontros na saída da escola, outros na biblioteca. Quase sempre eu o ignorava e passava. Uma das vezes ele foi mais incisivo, aproveitou-se da presença de outras garotas ao meu lado para me abordar. Perguntou se poderia nos acompanhar, intentando intimidação. A rua é pública, foi a melhor resposta que encontrei antes de seguir meu caminho. Ele nos seguiu. Manteve-se cabisbaixo, tomou posse do silêncio, um silêncio passivo e humilhado que me cindia. E nessa condição muda nos deixou e tomou outro caminho em determinado ponto. Acontecia também, algumas vezes, de eu não resistir. Agarrava-me com ele em qualquer esquina despovoada, e, em seguida eu o destratava e o mandava embora, voltava para casa e vomitava escondida no banheiro.

Ele me levava a ser má e eu não gostava de verificar minha maldade. De verdade, tudo que eu queria aos dezessete anos era ser jovem e feliz.

No dia do aniversário de Pedro fomos ao cinema. A comemoração continuaria junto com outros amigos na casa dele. Tudo planejado para meu exercício de leveza, de apreciação da vida: um filme divertido, sempre escolhíamos comédias bobas, seguido de música, bate-papo e bebidas com amigos. O caminho para a festa trouxe Moacyr que estava nos tocaiando. Bêbado. Entendeu que Pedro era meu namorado ou entendeu apenas que ele ameaçava seus domínios. Falou coisas com voz mole, cozinhada em vodca, as mãos trôpegas em torno de meu braço, puxando-me. Não fui. Pedro respondeu algo em minha defesa e Moacyr o empurrou, chutando-o quando ele caiu no chão. Coisas que me pareceram aventuras representadas em um filme B surgiram em quadros rápidos, fotografia recortada. O rosto de Moacyr alterado por frases gelatinosas, os gestos embriagados e próximos demais de mim fediam a álcool azedo. Moacyr era um animal defendendo um território que considerava seu. Era a materialização de minha lama, meu caranguejo, meu câncer beliscando meus pés. Pedro não fazia parte daquele sistema e aceitou a agressão sem se defender. Pedro era doce, era água limpa e salpicava o chão com o sangue do rosto. Virei as costas e saí andando.

Qualquer heroína de cinema teria defendido Pedro e livrado ele daquela situação. Nunca consegui agir como as heroínas de cinema.

Luis se mexeu e fez barulhos de sonho feito um cãozinho abandonado. Levantei-me, e, no escuro, fui à cozinha. Voltei com um copo de água. Sentei-me na cama e passei os olhos alagados pelo quarto. Meu manguezal.

É o sal da água marinha o que favorece a vegetação de mangue, sem o sal ela seria engolida por plantas de crescimento rápido e melhor adaptadas à presença de água doce.

Bebi a água e dormi.

XVIII

QUANDO ENCENO UMA HISTÓRIA É para que as pessoas vejam. Saboreiem a cena, a delicada tessitura da mentira. O quanto de real existe para ser visto em uma encenação não importa. A realidade não importa. O sonho é a verdadeira porta que abro para dentro.

Dentro do meu pensamento mora um rato que às vezes alimento. Quando não o faço ele se alimenta sozinho, rói o que adivinha.

A vida é uma mulher velha e feia que sente falta de orgasmos. Na impossibilidade de resistência, porque ela me agarra pela garganta, me disponho a inundá-la com o meu gozo. Fui procurar notícias da minha vida num ponto de michê. E nem preciso que qualquer pessoa me diga o quanto isso é patético. Digo de mim, em confidência: sou patético, sussurrando. Para ser gentil com meus ouvidos, oferecendo um sopro de carícia. Para tratar com ternura essa mesma vida vincada pelos erros, a que tentei sangrar fora quando cortei o pulso.

Existe ainda a probabilidade de que eu procurasse uma lembrança de Raul ou me esquecesse dele. Voluntariamente.

Ou nada.

Saí à procura de um homem pago, e talvez eu quisesse apenas prazer porque, às vezes, um charuto é apenas um charuto. Mas mesmo o prazer em algum ponto simboliza vida, no ponto em que a vida briga por satisfação, é na saciedade que ela se mostra inteira. A vida lambuza-se de si mesma. O certo é que o rato dentro do meu raciocínio faz cócegas. É um sintoma de que estou vivo e quero gostar disso. E não quero pensar porque não quero compreender a realidade.

A realidade não serve para nada.

A realidade a respeito de Antonio não me dizia respeito. Eu nada perguntei a ele, apenas deixei a porta aberta quando lhe disse que gostava de visitar a orla marítima à noite. Por precaução indiquei uma área menos deserta.

Antonio me encontrou caído e não me perguntou se eu precisava de ajuda. Ele disse: Deixe-me ajudá-lo. Pegou-me pela mão. Antonio caminhou ao meu lado até a casa da avó de Irene, calado, eu atropelei o silêncio dele algumas vezes e tagarelei para manter contato. Para conservá-lo comigo, livre de pensamentos. Como se fosse possível segurar suas ideias e trazê-las entre os dedos. Obrigar Antonio a gastar pensamentos comigo, a querer saber quem sou. A se fazer essa pergunta que não responderei.

Irene diz que não há comunicação entre almas. Não há palavras que bastem, que signifiquem, não há significados. Irene diz muitas coisas. Nem sempre empresto meus tímpanos. Mas algumas palavras de Irene se agarram em minha cavidade auricular e zunem. As palavras são signos tolos que riem de nós com todos os nervos. As palavras nos desamparam ao menor sinal de perigo, basta uma pulsação mais forte, uma pergunta mais firme. No dizer de Irene a suprema palavra, a que responde o que somos, não mora ao nosso lado, não divide espaço com o mundo dos homens, com a civilização que criamos. É algo que nós conseguimos apenas cuspir para dentro feito saliva engasgada. Ou feito sentimentos, que a civilidade subverte, acomoda, domestica. Irene prefere a lógica dos instintos. Eu prefiro apenas os instintos porque me aborreço com a lógica, porque me enfado com a domesticação humana. Com a minha domesticação. Agimos feito alquimistas que se propõem a transformar ouro em chumbo para se sentirem reais. Precisamos nos convencer de que a realidade é valiosa. De que o delírio é impuro. Dioniso que nos salve da nossa sensatez.

Prefiro sempre tagarelar para impedir o silêncio de entrar em casa. Ele que fique na rua e durma ao relento porque os insetos noturnos necessitam sonhar.

Eu precisava encontrar Antonio mais uma vez e outra. Porque planejei que meu agradecimento seria dividido, eu não ia gastá-lo assim em pagamento único, Antonio merecia mais. Eu sabia que seria assim. Estava determinado a tratar meu psicopompo com carinho, carinho que usei comigo enquanto tomava banho e me preparava para um dia de vida, carinho ao qual impus limites para não gozar na solidão, na diluição da água morna do banho, entre meus dedos.

Irene me esperou no quarto com uma bandeja de café da manhã e me olhou cheia de questões. Olhei-me no espelho e, fixando as lentes, encontrei meu rosto apenas arranhado. Agradeci aos deuses a localização dos edemas restrita ao tórax, à altura das costelas. Agradeci a Irene o gelo que ela encostou na minha pele e a convidei para sair após o café. Ela não podia, precisava ajudar Lurdinha a levar Dona Auxiliadora ao hospital, Dona Auxiliadora tinha exames a fazer e ela queria acompanhar. Na falta de um passeio, me propus a ir junto. Irene atropelou minha alegria com a realidade.

A realidade é um caminhão desgovernado que não serve para nada.

XIX

UM HOSPITAL É UMA HOSPEDARIA indesejável. A dor é indesejável, a velhice, a doença como anexo e são coisas que um hospital representa. Lurdinha entrou com minha avó na sala para fazer os exames. Preferi ficar do lado de fora, Luis ao meu lado. Nem sei por que fiz questão de vir junto, nunca tive a intenção de me envolver de verdade com a situação. Ao menos em consciência. Pode ser que eu tenha uma ligação atávica com a dor de minha avó e me sinta obrigada a acompanhar, nem que seja pela fresta da porta. Luis ficou comigo e segurava minha mão. Em silêncio. De alguma maneira era um conforto para mim.

Nascemos da dor, por isso, a sós, e levamos a vida fugindo da solidão. Talvez porque ela represente o retorno a nossa dor primeira. Faz parte da estupidez dos homens agruparem-se em busca de consolo. Não quero consolação. Acho mais fácil lidar com a dor, ela, a única certeza que tenho. Morrerei só como qualquer ser humano e mesmo assim a mão de Luis sobre a minha era bem-vinda, quente. Também sou estúpida. Somos assim e não me eximo do pecado de nascer humana. Apenas faço questão de enxergar fenômenos que a maioria prefere não ver, por conforto ou delírio.

As duas mulheres que acompanhei e que entraram lado a lado na sala de exames eram, a despeito de terem dividido comigo parte de minha vida, duas desconhecidas. Como eu mesma me mantenho desconhecida para mim. Com o dedo indicador da mão direita escrevi sobre a mão direita de Luis que segurava a minha mão esquerda: *exílio*. Luis, olhando para mim, era um desconhecido a quem eu conhecia um pouco mais. Ele e eu vivemos ombreados na decisão de aceitar que não sabemos quem somos.

Arranquei meus olhos de Luis e mirei em volta, ali estava a matéria que nos constrói. Os corredores e enfermarias hospitalares estão plenos desse material. A fragilidade da vida exposta em tendões e artérias, o apodrecimento do sublime. Ou a sublimação do apodrecimento.

Uma mulher velha saiu por uma das portas e encheu meu campo de visão com seu andar curvado. Lento. Pés arrastados. A acompanhante amparava sua dificuldade e segurava no alto a bolsa de soro. Aquela mulher também não sabia quem era.

É preferível a angústia de não saber quem sou às certezas escritas por outros: identidade coletiva. Desconfio da luta de classes, dos guetos, dos grupos étnicos. Um ser humano é sempre e apenas um ser humano. Um animal que desconhece sua origem e se sente só. Por isso procura grupos, pretendendo forjar uma identidade no coletivo. Coletivo esse que para alguns é a família. Como se ela fosse lhe dizer quem é e a que veio. Como se adiantasse saber quem é e a que veio. Como se isso pudesse diminuir a solidão. Como se a solidão não fosse o que temos de mais caro e verdadeiro.

À merda com a coletividade. À merda comigo e com esse tipo de pensamento infrutífero, porque raciocinar por esse caminho é me afastar da química. É abandonar o que nos constitui. Carne e sangue. Uma combinação de músculos cobertos por camadas de tecido epitelial e sustentados por ossos. Uma combinação absurda de sólidos e líquidos que brigam por territórios em comum e produzem feridas e secreções em sua luta.

A velha passou por nós, a camisola hospitalar aberta nas costas, uma bunda murcha, triste, envergonhada de sua condição aparecia à medida que ela caminhava. O tempo faz questão de nos humilhar e nos mostrar que no final somos muito pouco. A humanidade é um grão de poeira dentro do corpo do universo. Uma sujeira embaixo da unha talvez. E cada pessoa é nada e carrega sozinha sua porção de nada.

Mesmo assim a mão de Luis permanecia quente, trançada na minha e era bom.

Lurdinha voltou com a notícia de que minha avó estava em processo de desidratação. Sob prescrição médica, tomaria uma bolsa de soro. Também ela. Ocorreu-me que o soro parecia crachá de hospital. Isso significava passar um tempo a mais perturbada por aquele cheiro. Se eu quisesse poderia ir embora, ela ficaria. Se eu quisesse não teria vindo, nunca primei pela coerência. Mandei Lurdinha de volta para casa junto com Luis, fiquei para acompanhar minha avó.

Éter. Hospital cheira a éter. Será para nos lembrar que a vida está evaporando? A sala de medicação era apertada, o líquido brincava de cair de-va-gar-zi-nho. Fazia suspense. Se eu estivesse no lugar de minha avó sentiria vontade de arrancar a agulha do braço e fugir dali. Minha avó já não tinha pressa. Mantinha os olhos semicerrados igual a um monge em meditação. No pescoço a pele sem elasticidade emoldurava veias e dava notícias da pulsação alterada. Ela se incomodava por estar ali. A mim, incomodava comparar o que eu conhecia dela com o que eu tinha em minha frente, na maca, ligada por um equipo a uma bolsa burra que pingava sem vontade. Os pingos de soro furavam minha paciência. Paciência é a lição de Cronos, o tempo. O senhor das transformações e do milagre da oxidação. O desenhista. Minha avó era um trabalho do tempo. As manchas mais visíveis no colo e nos braços pareciam pontos de ferrugem que iam se alastrando por ação do ar. Léa já começava a partilhar daquelas manchas, até isso Dona Auxiliadora dividia com ela. A textura da pele, fina, lembrava seda, dobrada, sobrando sobre os ossos. Passei a ponta do dedo pelo braço estendido dela. Quase sem tocar. Também o toque me lembrou seda. Lembrei-me da atitude de passivo constrangimento com que ela aceitou que eu ajudasse Lurdinha a lhe dar banho. Minha avó viveu magra a vida inteira, mas onde se escondeu a musculatura que havia sob a pele? Consumiu-se como combustível? Mesmo a cor dos cabelos, o brilho agora apagado. O que será que a vida faz consigo procurando se manter? Isso nem imagino.

Minha avó abriu os olhos e me flagrou acariciando seus cabelos. Tirou os olhos de mim para a bolsa de soro e tornou a fechá-los. Respirou fundo. Respirei fundo. Por uma fração de vida dividimos os mesmos átomos de oxigênio.

Minha avó não me diria quem sou porque também ela não sabia quem era. Mas ela partilhava comigo o sonho de família e eu devia a ela esse sonho. Eu devia a ela um sono tranquilo após dias turbulentos. Continuei acariciando seu cabelo. Algum dia o meu também teria aquela textura amarga. Pode ser que haja alguma força centrípeta que nos jogue na direção do núcleo familiar. Para buscar nosso início. A sofisticação da ideia de família criada pelos homens nos conduz a isso? Ou seria o princípio da hereditariedade imposto pela seleção natural? Darwin nos condena. Ou nos redime. Não posso me eximir do pecado de pertencer à raça humana. A estupidez humana é de minha propriedade, e, por vezes, é ela quem me salva de minha dor.

XX

LUIS E LURDINHA, DE BRAÇOS dados, voltam para casa. Luis e Lurdinha se conhecem pouco e não estão à vontade, mas não conseguem resistir ao apelo sentimentaloide da doença de outrem e caminham de braços dados. Este poderia ser o começo de uma história. Não seria uma boa história. A vida real não rende boas histórias.

Levei Lurdinha de volta para casa e tagarelei durante o caminho. É o que sei fazer e que distrai as pessoas, ela merecia essa distração. O que ela merecia mesmo era que a mãe morresse logo. Pensamentos cruéis me ocorrem de vez em quando, procuro me convencer de que não são de verdade.

A verdade, esta invenção da razão instituída, é que pode ser bastante cruel quando olhada na cara. A verdade é que soluções sensatas e humanas nem sempre trazem paz e conforto. Lurdinha precisava de paz, mas jamais ousaria desejar a morte da mãe, mesmo eu não deveria puxar essa hipótese. Meu pensamento não tem juízo, tem vontade própria e não me obedece. Meus pés sim, eles encaminharam a mim e a ela para casa porque obedeciam ao comando do meu cérebro. Irene saberia explicar em que quarto do cérebro dorme o autocontrole.

Sentado diante da mesa da cozinha, respondia as perguntas de Lurdinha a respeito do meu trabalho e observava as mãos dela preparando a comida. Costurando os temperos, juntando a água. Eu não me espantaria se, em torno dela, surgisse um arco-íris, ela era a imagem da temperança. Misturava os sentimentos, unia polos contrários com a facilidade de quem não sobrevive a conflitos. Não havia conflitos nos olhos castanhos de Lurdinha, nem nas mãos finas de dedos longos. O que existia era outra coisa na forma de olhar, uma bondade estúpida que contrastava com as mãos. Sim. Eu diria que em vez da temperança Lurdinha era a personificação da Grucha de Brecht, uma criada, com mãos aristocratas. As mãos de Irene eram sobrinhas das mãos dela, nascidas da mesma leveza.

Contei histórias de peças, camarins, coxias. Ela parecia gostar. Ia puxando fios e me conduzindo a falar mais. Falei a respeito de Raul e ela não demonstrou surpresa. Olhou para mim como se o mundo começasse a partir da minha história e passou a respirar de mansinho enquanto escutava. A respiração de Lurdinha me ensinou o quanto o preconceito que encontramos nas pessoas nasce de nós e é uma gota d'água que tenta fugir do mar evaporando, para ser devolvida a ele pela chuva. Eu esperei dela o que eu me daria, mas ela foi mais generosa que eu. A reação de Lurdinha foi um presente que recebi feliz.

A irmã era diferente. Os olhos de Léa eram vitrines de uma guerra deflagrada. Seus demônios de estimação saíam pela íris e atormentavam. Ela possuía atitude de quem provoca embates porque precisa ganhar. O mundo, as pessoas eram propriedades dela. Ou assim ela os considerava. E saía por aí, marcando território na carne alheia a ferro em brasa. Cinzas. Léa estava desbotada, parecia ter perdido a identidade entre as tinturas de cabelo. Ou construído uma nova a cada mudança de cor. Talvez eu estivesse observando Léa com os olhos de Irene, montando ideias com as frases que ouvi durante nossa convivência, não sei. Irene diz muitas coisas.

Coisa mais lugar-comum é comparar irmãs e achar as diferenças. Nesse jogo os erros são mais que sete, oito, mil. São erros que não se deixam ver. São ilusões que a vida nos ministra para nos curar da inocência, sem pressa, para nos ensinar que nenhum aprendizado é suficiente.

Tudo o que aprendi foi um jeito próprio de enxergar as coisas. Vejo das pessoas só o que me convém, o que me serve. Ajo como cego apalpando um elefante e apreendendo dele apenas o que me cabe nas mãos. A percepção da realidade é uma questão de distanciamento, não é possível, estou nela, imerso, abafado, afogado até a respiração. Sou hipermetrope: 1,5 grau no esquerdo, 2,25 graus no direito. Não há como enxergar claramente.

Descrevi minha vida e morte com Raul, Lurdinha ouviu enquanto cortava legumes, levantava o olhar de vez em quando e empurrava o cabelo para trás da cabeça com o braço, usando a eficiência de quem não atrasa o trabalho. De quem se viciou em servir por desconhecer opção. Os olhos dela me fizeram esquecer as circunstâncias e o cenário. Finquei minhas palavras nos seus ouvidos porque era tudo o que havia a ser feito. E, como se fosse coisa natural, eu lhe contei a respeito da minha primeira vez.

Lurdinha não parou de bater as claras em neve para a torta de legumes quando falei a respeito de um vizinho. Alguém mais velho, que frequentava minha casa, era amigo dos meus pais e eu brincava com o filho dele. As claras, estavam claríssimas e firmes no ponto em que afirmei que foi no sofá da casa, enquanto eu esperava seu filho chegar com a mãe, que ele pegou na minha perna. Estávamos conversando da maneira que os adultos não conversam com crianças, parecia natural. Deixou de ser natural porque demorou mais do que a casualidade e a ternura permitem. A maneira como o lábio inferior dele se umedeceu com a língua entre as palavras clareou sua intenção. Ele não pareceu surpreso, talvez aliviado com a minha reação, ou falta de reação. A mão subiu mais um pouco e pressionou de leve antes de se retirar muito devagar. No caminho de saída roçou no meu pau que, naquela época, ainda era um pinto e que, esse sim, reagiu. Qualquer pessoa sensata diria que eu sofri assédio sexual. A verdade é que nunca fui sensato e o toque dele acendeu uma vontade que eu ainda não sabia a quem dirigir. Vontade de me esfregar maciamente no banho tendo o sabonete por cúmplice ou, nos lençóis, durante a noite, sonhando com as mãos do pai do meu amigo. Aceitei os olhares que ele passou a me dar sempre que estávamos a sós e lhe devolvi uma malícia infantil insuspeitada.

Foi também a primeira vez em que entrei num motel, graças a um suborno barato que o porteiro aceitou. Eu estava com treze anos.

Lurdinha misturou com delicadeza as claras à massa da torta, colocou tudo na forma untada e a forma no forno. Sentou-se diante de mim e ficou me olhando enquanto mexia na barra da toalha da mesa. Em silêncio, seus olhos me revelaram que não pode haver culpa por ser quem somos e que existem amor e desamor suficiente para todos. Era a maneira dela de me pegar no colo, de me tirar de dentro do *círculo de giz* depois de disputar minha posse com o demônio em pessoa.

O sorvete de mangaba tinha acabado. Lurdinha se desculpou por isso.

XXI

A REAÇÃO INSTINTIVA DE QUALQUER um quando perguntado se tem medo da morte é responder que não. E é verdade. Não se pode ter medo de algo em que não acreditamos. O ser humano não acredita na própria morte. Morrer é a coisa mais inesperada que pode acontecer a alguém. A dificuldade que enfrentamos ao envelhecer é a dificuldade de enxergar esse fantasma. Assumir que ele existe. Que não é um lençol ao vento.

Cuidar da doença de minha avó, da borda da cama, dentro do hospital, era me aproximar da perspectiva de minha morte. Que algum dia viria. E talvez usasse a mesma roupa que usava agora, na finitude de Dona Auxiliadora.

A minha agonia era esperar que o soro pingasse veia adentro de uma vez. Eu, que me julgava acostumada àquele procedimento, sentia-me como uma amadora. Impaciente. Uma vez, duas, três vezes, eu olhei para fora da sala de medicação até sentir coragem para me levantar e sair. Encontrei o corredor com o movimento hospitalar cheio de dores. E odores. Encontrei os olhos de Moacyr dentro do movimento. Parados em mim. Ele veio ao meu encontro enquanto eu desencontrava palavras. Nenhum dicionário, se porventura caído em minhas mãos, me daria de presente o que dizer a ele. Foi ele quem queimou o silêncio: cumprimentou-me e perguntou por minha avó. Respondi. Não perguntei, mas soube, olhando para a enfermaria, de onde ele havia saído, o motivo de sua presença.

Entrei na enfermaria e ele me seguiu. A mulher estava adormecida. Os cabelos encaracolados medicados e sonhando sobre o travesseiro. Eu conhecia aquele tipo de sono. Induzido.

Onde estão seus filhos?

Nunca nasceram.

Minha reação instintiva foi olhar para a barriga dela. Por baixo do lençol, de dentro da camisola hospitalar, eu adivinhava sua magreza. Dali eu empurrei os olhos para fora da sala porque não era justo que a visse naquelas circunstâncias. Não gosto de ser covarde. Quis sair correndo, mas a educação que me fizeram calçar na escola cimentou meus pés. Com o polegar da mão direita escrevi sobre o indicador da mesma mão: *LADA – latent autoimmune diabetes in adults?*

O pé dela. Era uma ferida que não cicatrizava. Que nasceu não sei há quanto tempo, ela escondia. Nunca quis se tratar direito. Fumava.

Ele foi falando feito quem pensa alto. Ou feito quem desfia um rosário em novena. Percebi que preenchia uma necessidade da fala de Moacyr ficando ali, parada, calada. Encostando meus ouvidos às palavras dele. Meus olhos me desobedeceram e voltaram à mulher, curiosidade covarde. O lençol desenhava um vale no final da perna esquerda. A falta do pé.

Diabetes?

Amputaram ontem. Ela fumou antes da internação.

Para chegar nesse ponto. Ela não tomava as insulinas como prescrito?

Ela chorava quando acordou. Por isso está sedada.

Talvez você também deva descansar um pouco.

Não sei o que dizer a ela. Preciso ficar aqui.

O oco no final da perna fazia eco. Minha vista me devolvia a imagem. Da perda. O encontro do lençol com o ar onde deveria existir um pé mais um pedaço de perna. Perda. Perder pedaços é esquecer coisas: chaves de portas que não serão mais abertas. Desacostumar-se de hábitos. Estranhar-se. Acostumar-se às moléculas de ar que preenchem os espaços não ocupados pela matéria. No caso dela era adquirir um andar manco. A mulher ia andar diferente e escolher ruas pela disposição das pedras. Trocar de rumo. Aprender a se desconhecer para não dar fé do vazio aberto entre o chão e o que restou do membro amputado.

Os olhos fechados dela não desgrudavam de meu rosto. Os meus subiram pelo olhar dele. E minhas lembranças, a partir do poço dos olhos dele, atravessaram minha noção de decência e visitaram o dia em que vi a foto. Os cabelos encaracolados na foto, o rosto de perfil, beijando Moacyr. Foi no dia em que trepamos na cama que deveria pertencer a ela. Moacyr não estava chorando. Talvez ainda não tivesse alcançado a própria dor.

A vida é um pernoite numa hospedaria de beira de estrada. Vá para casa e durma um pouco, o pernoite é curto. Ela vai procurar por você quando sair da sedação e é melhor que você esteja bem.

Não vou conseguir.

Nem sempre sabemos o quanto somos capazes de inventar forças.

Moacyr segurou em meu braço direito. Achei que devia dar-lhe apoio. Estávamos conversando.

Senti-me desumana por conseguir enxergar que pela primeira vez dividíamos nossa realidade transitória. Apertei a mão dele que se apoiava em meu braço direito com minha mão esquerda. Puxei-o para fora da enfermaria.

Espere aqui. Eu já volto.

E ele ficou sentado num banco. O corredor era comprido e desonesto. Estava vazio como num filme de suspense mal acabado.

Procurei a cantina mais próxima e pedi um café. Para viagem. Viajei na ausência de sentido dos fatos, na falta de lógica de todos os deuses. Ou na lógica desumana que eles utilizam para rir de nós. Para nos fazer sentir que somos menos que vermes, porque aos vermes, até onde sabemos, é presenteada a dádiva da ignorância. O cumprimento fácil da missão na Terra. Nascer, viver, permear organismos, lutar pela permanência e multiplicação, transmutar-se sem questionar o ciclo de vida. Sem um único pensamento de dúvida ou arrependimento. Isso é vida. Em seu estado puro e primevo. Até onde sabemos. Existe sempre a possibilidade de que saibamos pouco a respeito dos vermes.

Paguei o café e levei até ele. Se não queria descansar, que acordasse de vez.

Moacyr recebeu o copo descartável e olhou para mim. E foi feito me visse pela primeira vez ou contemplasse sem pressa um espelho quebrado. Ou feito inaugurasse outra maneira de me olhar. Em silêncio. Sentei-me a seu lado enquanto ele bebia o café. Fui ficando, sentada e quieta igual ao copo. Esvaziado. E que continuou entre seus dedos, esquecido. E sem forças.

Não sei lhe dizer mais nada.

Fique.

Moacyr encostou-se em mim, seus braços reencontrando o caminho, fecharam-se em torno de minha cintura. Muito de leve. O rosto, tateando, procurou o espaço vazio sobre meu ombro. Abracei-o. E desejei descobrir o caminho grisalho de seus cabelos com meus dedos. E desejei ainda poder embalar seu sono e fazer-lhe lembrar que a vida é um sonho dentro de um sonho. E tem a duração de um pernoite numa hospedaria de beira de estrada.

XXII

A VIDA É UM PERNOITE numa hospedaria de beira de estrada.

O quê?

Nada. É só uma frase.

Repete, por favor. Quero ouvir.

A vida é um pernoite numa hospedaria de beira de estrada.

De onde você tirou isso?

Irene. Irene fala isso a propósito do tempo. Da duração do nosso tempo nesse mundo.

Não sei o que dizer. Apenas que é bonito.

Irene diz muitas coisas.

E você escuta todas.

É.

Escutei o vento que se calava entre nossas mãos, abafado pela cessação da distância. As mãos de Antonio enfim permitiam as minhas entre seus dedos. E eu quis dizer tanta coisa, mas, fato raro, tive medo de tagarelar e ocupar com palavras o espaço que pertencia à beleza.

No teatro brincamos de sofrer e de ser feliz. Foi a maneira que o ser humano encontrou de fazer de conta que domina a vida. Foi o jeito que desenvolveu de tentar enganar a morte. É difícil viver à beira da morte, ombreado com ela, por isso preferi me jogar no precipício. Só que não caí.

Ao contrário.

A vida também pode virar um tipo de morte, foi o que fiz comigo por inércia, quando meu suicídio fracassou. E não foi me jogando que fiz isso, foi me deixando ficar à margem do Estige, o rio dos mortos. E acreditei que lá ficaria. Estava enganado e enganando-me. Durou pouco tempo minha estada no Estige.

Meu psicopompo foi o melhor guia. Com mãos firmes e língua vermelha ele me trouxe de volta ao mundo dos vivos. E eu me senti vivo, e gostei de me sentir assim, e gostei de prender a respiração e mergulhar aspirando os cheiros do deus mensageiro.

Acolhido pela poltrona, gostava agora de lembrar e de, respirando fundo, recuperar a falta de ar que ele me provocou com sua presença. Com a presença da boca semeando saliva em minhas mucosas, envolvendo meu falo, falando línguas molhadas de carinho. Movendo-se sobre ele e em torno dele. Suave, suave, silenciando minha voz, em gemidos. Minha boca também provando gostos novos. Doce.

Os olhos dele também foram doces e tiveram a cor da mistura do rio com o mar, naquela parte da orla. Deserta.

A sala deserta e mal iluminada. Irene dormindo e, com sorte, sonhando. Dona Auxiliadora e Lurdinha também. E eu de sono perdido, e eu olhando o solitário azul e a flor de plástico carmim sobre a mesinha de centro e acreditando que já não havia angústia em sua transparência vítrea. A rosa me parecendo boa companhia para a solidão de um vaso azul. A rosa e sua textura falsamente aveludada. A rosa e seu desabrochar interrompido. Inacabado.

Se os deuses fossem dotados de ouvidos a noite não acabaria. Ficaria em suspensão, como ficou meu pulso quando cheguei à praia. Depois de acelerar durante o caminho que fiz a pé, depois de quase estourar minhas veias com a expectativa de vê-lo e a falta de convicção de que eu o encontraria lá, meus contrários me cortando ao meio. Meus pés sonâmbulos e firmes carregaram os pensamentos que se contradiziam. Mesmo guardando certa esperança. Uma incerta certeza.

A verdade é que os deuses cortaram as orelhas para os pedidos humanos.

Os patos de louça sobrevoando a sala, misturados ao caminho das lagartixas. Verdes em seus peitos orgulhosos, azuis em suas asas brilhantes. O bico apontando para o teto em diagonal, confiantes.

A confiança foi a armadura que vesti para sair da casa da avó de Irene e tentar encontrar o meu Hermes chamado Antonio, meu psicopompo. Meu deus da mobilidade, o guia que me mostrou a estrada e ela era o melhor motivo para viajar.

Pela primeira vez saí sem a faixa no pulso. E quis que todos vissem os pontos nele. E quis carregá-los feito fossem um troféu, ou uma rosa murcha. Ninguém notou.

Notei que a confiança ia me abandonando durante o caminho. Deixei um pouco dela com cada pessoa que cruzou comigo a rua ou o olhar. O peito ficando pequeno e encolhido pelo vento noturno, pelo desejo predador que já me ameaçava com seus dentes. O rato no meu juízo a dizer que Antonio não estaria lá, que seria mais fácil ignorar a sugestão jogada no vazio, a afirmação que fiz para ele de que gostava de passear na orla à noite. E por precaução indiquei uma área menos deserta.

Meu olhar pendurado nas nuvens procurando um sinal: a lua era um sorriso prateado e sem dentes, enviesado no céu, sem que eu decifrasse se ria para mim ou de mim.

Meu psicopompo estava lá.

E pendurou em mim seus olhos para não secar a provável poça que se formou nos meus. E caminhou a meu lado. E me encaminhou para onde ficássemos a sós, para onde suas mãos pudessem caminhar sobre minha pele. Tateando com cuidado os edemas no meu abdome, as mãos emplumadas e firmes, e as minhas mãos também.

Minhas mãos abandonavam os dedos tamborilando nos braços da poltrona, uma música, um ritmo que marcava a dança do meu sangue, celebrando. De mim para mim um riso escapava e era bom. Era bom olhar aquela sala e abençoar o cenário, feito quem pede licença aos deuses antes de entrar em cena, quem reconhece a porta de entrada que passou despercebida.

Tudo posso naquele que me fortalece. O quadro era o mesmo acima da porta do corredor. Eu trazia mudanças. Meus olhos embriagados por um incerto olhar verde-barrento: A cor da mistura da água do rio com a do mar. Os olhos do meu Deus transitório, meu recente senhor. Ele era o dono do que existia de mais verdadeiro em mim: meu desejo. O nome dele o novo mantra a me recuperar forças. Antonio.

E era bom saber que já esquecia de lembrar de Raul. Que esquecia. Porque era uma lembrança incapaz de acelerar minhas artérias, era uma lembrança sem prumo que não se sustentava mais de pé em minha cabeça oca, sem corrimão. Uma lembrança que meus braços não mais queriam engaiolar no peito.

Abracei Antonio, inseguro. Segurei palavras do lado de dentro das ideias para não ser exagerado, excessivo, para me manter belo aos ouvidos dele. Foi ele quem primeiro acariciou minhas mãos enquanto conversávamos.

Meu psicopompo percebeu minha pulsação. Os quatro pontos sobrando sobre o risco das veias. Ele beijou meu pulso, lambeu aquele pedaço de morte, antes de se apossar do meu pau e me devolver a vida. Em jorros sobre as coxas.

Meu Hermes deixava de ser psicopompo e passava a trismegisto.

Três vezes grande. *"Satã! Mefisto! Rei das revoltas regiões tartáricas! Pai dos possessos! Deus Trismegisto."*

Deus do sorriso que eu não conseguia conter, sozinho, na sala da casa da avó de Irene, enquanto todos dormiam. Regente de uma certeza que não me abandonava.

Dia perfeito para voltar do reino dos mortos.

XXIII

VOCÊ ACHA QUE EU QUERIA morrer?

Você me disse que queria parar a dor.

Eu disse.

É o que acho.

Mas isso você não precisa achar. Eu lhe disse.

É.

Uma voz vestida de branco cortou a próxima possível pergunta. Atendendo ao chamado da auxiliar de enfermagem entramos na saleta. Luis se calou.

O silêncio do hospital com seu dedo em riste falando mais alto.

Outra vez no hospital. O motivo mais recente era a retirada dos pontos no pulso de Luis. Quem sabe o que seria depois.

A pele do pulso recomposta. Uma cicatriz torta. Olhada de longe, quase nada, uma carícia de lâmina sobre o epitélio estriado, uma assimetria fabricada. Foi o que sobrou de uma guerra subterrânea. Subcutânea. Travada na carne de Luis.

É na carne que a vida executa de maneira mais plena sua luta para se manter. A cada corte, cada rasgão, cada buraco aberto o corpo reage. A carne atrai seus pedaços, produz líquidos. As células procuram-se, aglutinam-se, adaptam-se em busca da sobrevivência. Enrijecem. Criam crostas.

A vida sempre dá um jeito.

O que?

Vem aqui que eu ajeito.

O que?

A manga de sua camisa.

Peguei Luis pela mão na saída da saleta e, no corredor, dobrei a manga da camisa dele descobrindo os braços. Os braços aceitaram minhas mãos. Querendo deixar-se descobrir. Ofertando-se aos olhares. A íris do olho dele era fogo ao ar livre. Luis padecia de felicidade, os olhos me contaram, ainda pela manhã, que a noite o havia contaminado. Diagnóstico: feliz. Eu conhecia os sintomas. A causa é que deveria possuir um novo número de R.G.

E aí eu invejei Luis e a simplicidade com que ele recebia a vida.

Em um dos corredores do hospital, um lençol branco escondendo um volume humano sobre uma maca, Luis cruzou com ele usando um andar natural. É fato que a morte acontece a cada momento, em alguma parte do mundo e isso não dizia respeito a ele. Nem lhe interessava. Na verdade parecia mentira, brincadeira. Ela só conseguiria bulir com a indiferença dele se viesse acompanhada de nome e sobrenome reconhecíveis. Se tivesse um rosto conhecido por trás da máscara. Mortuária. Se não se apresentasse apenas com sua alvura de lençol esticado sobre uma massa humana. Uma massa de carne anônima que dizia adeus antes de se fazer presente. Luis era feliz. Mas há quem se incomode com a humanidade pressuposta nesse tipo de volume por se perceber na condição de mortal. O signo do lençol branco sobre o rosto ainda consegue me perturbar. Por menos que eu queira. Sinto vontade de entupir o meu nariz de algodão para não sentir o cheiro da morte.

Luis me supera na capacidade de entrega, na força para reinventar o próprio corpo e o caminho por onde o carrega. Não, Luis, se eu conhecesse palavras suficientes eu lhe afirmaria que você nunca quis morrer. De verdade. Que a força vital em você é seu físico inteiro mais o desejo que o move. Desejo que faz seu sangue invadir veias e artérias e irrigar seus passos. Por isso você reage igual a uma criança passando de um brinquedo a outro. Porque para isso existe. Porque para a brincadeira nasceu. Perdoe-me Luis, não saberei dizer isso a você.

Eu nasci velha. Eu passei boa parte da vida desenvolvendo técnicas para receber a morte. De fato procurando mesmo dissecá-la. A morte, feito fosse uma lagartixa ao sol atiçando minha curiosidade. Atirei pedras, abri, cortei, para remexer vísceras. Para ver se no avesso encontrava o ponto, o lugar da morte. E o fiz antes de saber que o fazia. Feito quem tenta desfazer um nó tateando os fios que o compõem. Busquei conviver bem com a dama da foice. Entendê-la. Acreditando que entendendo poderia me apossar dela.

Eu estava com cinco anos quando essa dama me mostrou seus dentes, sorrindo.

Lurdinha me pegou na saída da escola para me levar para casa. Os olhos dela estavam vermelhos e marejados. No caminho a mão dela apertava a minha de maneira esquisita. Hora quase me espremendo, hora quase me soltando. Sem palavras. Não havia a gentileza de sempre, o cuidado. Apenas algumas lágrimas disfarçadas pela mão livre. Não lembro se a direita.

Lembro de ficar pensando no sabor do sorvete de mangaba que tomamos. Porque ela resolveu parar e tomar um sorvete. No sabor que resultaria da mistura dele com o sal liquefeito que ela deixava escorrer dos olhos. E lhe entrava pela boca seguindo um veio. Um caminho criado seguindo a lateral do nariz. Aquilo parecia doer e demorava a passar. Até ela encontrar um fio de firmeza na voz para dizer que precisava me contar uma coisa antes de chegar em casa.

São lembranças nebulosas e contraditoriamente ricas em detalhes. Sutilezas. A voz dela que mudou de tom quando falou que meu pai havia morrido. E o modo como quase sorriu quando perguntei:

E como é morrer?

É igual a estar dormindo.

Meu pai dormia todas as noites. Eu dormia todas as noites. Fui para casa sem entender as lágrimas de Lurdinha. Não devia ser tão ruim dormir durante o dia. Na verdade meu raciocínio não funcionou em ritmo tão linear. Porque minhas lembranças são nuvens em círculo, brincando de roda com o que criei em torno delas. Recordo de sensações, às vezes nítidas, outras vagas. Em ondas. O resto eu construí ao longo do tempo, de maneira dedutiva. A questão é que a morte do meu pai, contada por Lurdinha, não me causou impressão.

Luis me parou na saída do hospital para perguntar se eu estava bem. Sem perceber eu apertava a mão dele. Respondi que sim e que queria andar pela praia.

Chegando em casa fui direto da cozinha para meu quarto. Lurdinha evitou a entrada da sala. Ouvi barulho de pessoas lá, um murmúrio baixo. Troquei a farda escolar e corri para o quintal com alguns brinquedos. Depois não sei. Depois só recordo de uma pessoa gritando comigo, acho que era Léa. A pressão que a mão dela fazia em meu braço embaçou meus olhos. De dor física. Em seguida ela me arrastou até a sala. Tinha um caixão atravessado. Azul e feio. Eu quis correr, mas Léa me segurou. Ergueu-me nos braços e, prendendo minhas mãos porque eu teimava em cobrir os olhos com elas, obrigou-me a olhar meu pai dentro daquele caixão feio. Meu pai também feio, sem cor. Flores. Tinha um cheiro confuso de muitas flores misturadas. E velas também. E a voz de Léa em meu ouvido me dizendo, agora baixinho, que meu pai estava morto. Que não acordava mais. Que nunca mais haveria brincadeira e sorriso junto comigo. Que eu podia esquecer os braços dele me erguendo no colo. Todo final de tarde.

Foram as mãos de Lurdinha que vieram em seguida e me tiraram dali. E o colo dela me abraçando. E meus olhos secos numa surpresa que engoliu as lágrimas.

Enquanto caminhávamos a água do mar movimentava-se sem decidir se lavava nossos pés ou recuava. Fui lembrando em voz alta o dia da morte de meu pai sem olhar para Luis. E foi ainda sem olhar que imaginei sua pergunta.

Por que Léa agiu assim? Parece que ela ficou maluca quando me viu brincando no quintal. Foi o que me disseram depois. Muito tempo depois. Só me lembro que estava arrumando meus bonecos numa mesinha, para um chá que eu serviria quando meu pai acordasse.

E, Luis, a resposta é não. Pessoas que querem morrer cortam o pulso na vertical, acompanhando o caminho da veia. Não na horizontal como você fez.

XXIV

IRENE É MINHA DOR DE dente. Irene age cavando buracos em mim, feito uma cárie. Só pra doer mais fundo, e demorar a passar. E incomodar minha noite. Irene é o fantasma que não precisa do escuro do quarto para se mostrar. Porque sua voz mora no escuro de dentro. Do meu começo. Irene é meu demônio particular.

Irene diz que nos salvamos pela dor. Apenas a dor é o antídoto para a estupidez humana, Irene parece farmacêutica, xarope. Não estou a fim de receita. Ela precisa aceitar que talvez eu não queira ser salvo, que a danação eterna pode ser meu plano de carreira.

Fomos ao hospital para retirar os pontos do meu pulso, estava na hora. O tempo era certo. Fui certo da minha felicidade, fui certo de uma certeza firme. Certeza de que a beleza existia e estava ocupando o mundo. E eu ocupei a saleta da enfermagem e desocupei minha carne daqueles fios pretos, meu visual Frankenstein. Irene me tratou com gentileza, ajudou-me a arrumar a manga da camisa e me deu a mão na saída. Saímos, e ela estava triste, vazia de sorrisos, convidou-me a passear pela praia.

Irene ainda consegue me surpreender. Quando me conta coisas, revive a infância, diz-me o que foram seus dias. Fico sem saber o que fazer com tanta vida, excesso de fatos, turbulência. Irene me deixa tonto com tanta informação dolorida.

Deve ser por isso que ela sempre tem razão.

Excedente de dor. Irene, minha dor de dente. Irene completamente salva, e ainda com disposição para me salvar. Aí eu quis fazer piada. Achei melhor não. Irene estava grave, a infância dela foi caso para internação.

O sol estava quente e eu tinha febre. A beleza do dia me contaminando, e eu necessitando sorrir. Eu sem qualquer disposição para o sofrimento, sem vocação para a realidade, completamente sem foco. Saí sem as lentes e tirei os óculos para andar pela praia, tudo o que eu queria ver era um esboço da vida real, assim eu poderia melhorá-la, mudar o rumo. Ser feliz. Ou apenas acreditar que era possível. Sussurrando um nome: Antonio.

Irene diz que eu me repito, e eu sei que sim, e não me importo. Escolhi não me importar com o que é real ou delírio quando recito um novo mantra: Antonio.

A voz de Irene me devolvendo ao mundo. Jogando-me uma história de infância que de infantil não tinha o tempo. A morte do pai: seu primeiro amor perdido, e Irene adulta me dizendo que o amor e ela não foram feitos um para o outro. Parcelas de uma soma que afinal se encontravam, para justificar o resultado.

E o resultado era um passeio pela orla com a água do mar fazendo cócegas nos pés e eu me sentindo culpado por conseguir me encher de uma felicidade frívola e não querer outra coisa na vida além dela. E não crer em outra coisa na vida além dela. E não pensar em outra coisa na vida senão na possibilidade de plantar essa frivolidade feliz, sob a terra. Mas Irene estava ali a me lembrar que o que eu via era apenas uma paisagem do corredor. Que bastava mais alguns passos, seguir adiante. E logo haveria paredes novas, caiadas de branco, para escrever juras de amor eterno a amores transitórios.

E eu sem querer saber, sem querer enxergar, sem querer seguir. Sem querer. Repetir-me.

Quem mandou pisar em galho seco? Fui eu quem cutucou as lembranças dela com a pergunta a respeito do meu quase suicídio. Fui eu quem segurou na mão da morte e convidou-a a passear pela memória de Irene, não posso me queixar. Embora minha intenção tenha sido outra: devanear acerca da transformação da minha vida. Achar motivo para falar de Antonio. Da aceleração nos meus batimentos, da saliva que sumia da minha boca apenas de pensar em falar com ele. Coisas que Irene não estava disposta a conhecer, a entender. Meu coração criando dentes, mastigando, mastigando.

Entendi que ela precisava que eu ouvisse. Que eu entendesse a dureza do mundo, que me preparasse para ela, que esquecesse minha alegria, que esquecesse quem sou.

O que eu precisava era fingir que aceitava. Engolir meu entusiasmo e fazer de conta que conheço a sensatez. Fazer de conta que carrego alguma sabedoria, que escolho aprender, que não repito erros. Não me repito.

Sou um ator.

Ficamos um pouco pela praia acarinhando o sol com nossos passos. Deixando marcas apagadas pelo sal da água. Deixando nada.

Se eu pudesse carregava Irene no colo por dentro da vida. Beijaria seus olhos antes de dormir, mas não lhe contaria histórias porque não conheço boas histórias. Conheço apenas as que ela me conta. Histórias para fazer dormir pequenos monstros. Irene: uma criança abafada em jornal feito fruta tirada do pé antes da hora, obrigada a viver adulta. Eu: um ator fazendo de conta que era adulto, amadurecido. Mentindo que aguentava carregar a realidade nos ombros.

Calei-me, ouvi, sabia que ela necessitava dos meus ouvidos para refazer sua história, seu andar pela areia da praia. Segui em silêncio segurando a mão de Irene.

Era só mais um corredor. Logo, logo, eu poderia continuar sem querer saber, sem querer enxergar, sem querer seguir. Para poder me repetir.

Não era o dia certo para espalhar a felicidade sobre a Terra.

XXV

ODEIO GENTE GENTIL. GENTILEZA NÃO é coisa natural, é sem princípios. Gentileza é invenção de vendedor. Valorizo gente verdadeira. E a atenção e o cuidado que se enraízam em sentimentos deixam de ser gentileza. São: atenção e cuidado. Verdade. Da verdade eu gosto. Ao menos da minha verdade. A verdade é que reconheci os olhos. Os olhos sempre ficam. Testemunhas. O rosto muda em volta, transforma-se, abre poros novos para respirar. A boca também muda, esquece palavras, troca sílabas, fabrica vincos ao redor para não sorrir. Mas os olhos se mantêm. Foi por eles que reconheci Júlio César no garçom gordo e gentil que abominei antes mesmo que chegasse a minha mesa.

Abandonei Luis em casa, fazendo companhia a Lurdinha, e saí. Ainda não havia visitado as pontes da capital, a ocasião era a melhor. Precisava desacompanhar-me de Luis, e de qualquer pessoa, ou lembrança afetiva. Atirar no rio meus mortos, alimentar os caranguejos, foi quando o restaurante me pareceu boa ideia. A tarde passava da metade e a fome dividia espaço com a vontade de andar mais um pouco. Pensei que podia largar os afetos e considerar o estômago. A verdade visceral. Não consegui. Júlio, esse novo e desconhecido, foi um soco no oco do estômago.

Primeiro me chamou a atenção a gentileza com que o garçom gordo ensebava alguns clientes. Odeio gente gentil, magros ou gordos. Dirigi meus olhos com mais apuro para ele. E vi seus olhos.

A cara se tornou maior em torno deles, acompanhando o resto do corpo. Da testa minava gotículas de suor que não chegavam a escorrer. Colada à expressão de forçado entusiasmo cresceu uma pele que ligava o queixo, amiudado, ao pescoço. Uma pele precocemente flácida e triste. O sorriso pelejava entre os dentes para atingir os clientes, e nem chegava aos olhos, que continuavam os mesmos. Iguais aos que se esticavam sobre a janela da sala de aula para me encontrar entrincheirada em janela própria. Os olhos ainda eram os que brincavam de gato e felina com os meus. Olhos pequenos de cílios pretos, comuns. Tranquilos. Olhos de peixe morto. Foi por eles que eu o reconheci.

Deixei o restaurante e comi um cachorro-quente num quiosque, na esquina da rua. Abismada. Tentando digerir o assombro, pular o abismo.

O garoto magricela e calado era, adulto, um homem gordo e gentil. Onde teria encontrado aquela gentileza burra? Meu primeiro, único, amor. Que me pegou sem aviso, na inocência. Aquele que evitei macular com a realidade e guardei na lembrança, feito fosse confeito colorido. Deslumbre de criança. Findava espatifado pela mesma realidade.

A vida é mesmo inevitável, e eu, uma imbecil.

Paguei o sanduíche sem prestar atenção no atendente. Tive medo de reconhecer mais alguém. Ou me desconhecer por um passado morto no rascunho. Um borrão. Risco de quem volta a sua cidade depois de algum tempo de separação.

A recordação da sala de aula com ele dentro trazia contradições. Abraçava-me a ponto de me permitir lembrar o cheiro da tinta esferográfica da *bic* azul sobre os antigos cadernos, com sua proximidade. Parecia que ainda ontem eu fui aquela criança. Ao mesmo tempo provocava a sensação de ter acontecido com outra pessoa, pela distância que se encontrava de mim. E de fato eram as duas coisas, que se completavam de forma contraditória. Não negando o que já fiz. Mas reconhecendo que o que vivi não sou mais. E também não sou outra pessoa. Porque isso que vivi não some. Soma-se. E me transforma na mesma pessoa, de maneira diferente. Sim. Na verdade ainda ontem eu fui aquela criança que nunca existiu.

Igual, permanecia meu hábito de divagar em elipses. Obedecendo a uma lógica sem ciência de si. De Júlio César a Moacyr foram alguns passos sob a iluminação pública. A cada lâmpada que passava acima de mim, uma sombra surgia comprida e magra na minha frente. Era eu? Ia diminuindo, para sumir em seguida. Como se brincasse de esconde-

-esconde, e surgisse escura. Pronta para me dar um susto. Oculta atrás dos postes. Se eu pudesse mataria a própria sombra para ficar só. Minha sombra parecia um mal-assombrado me tocaiando. Ou era a sombra do sentimento que matei na semente? E enterrei. Como se terra não fosse tudo de que uma semente necessita.

Com o polegar da mão direita escrevi sobre o dedo indicador da mesma mão: *o amor e eu não fomos feitos um para o outro*.

Moacyr. Era o ponto final desse raciocínio. O resultado da luta entre mim e meu desejo. Moacyr era a constatação de que o desejo pode mais que o amor. Porque o amor é a gentileza e o desejo é apenas desejo. Verdade. A verdade é que desconfio do amor porque não consigo confiar em algo que não se revela sob a luz da lógica, da química corporal pura e simples. Porque o que comumente chamamos de amor é, de fato, desejo. O amor fica na esfera das coisas indefiníveis e, a meu ver, irrealizáveis. O desejo sim é uma função física e animal. Exercício pleno de nossa humanidade. Verdade. Outra verdade é que Moacyr era a lembrança que seguia a meu lado, com as unhas cravadas em mim. Arrastando-me. A sombra que eu pisoteava e que ressurgia maior.

Nos musicais que eu costumava assistir em minhas tardes infantis os personagens se diziam: Eu te amo, e era fácil. As pessoas que me cercavam não tinham o hábito de dizer: Eu te amo. Acreditei que quando eu verbalizasse essa frase ela poderia se materializar na voz de outra pessoa a me devolver o estímulo auditivo. Eu te amo, lembrei de falar para uma lagartixa antes de sacrificá-la em favor de minha ciência da vida. Ela tremeu ligeiramente e estrebuchou.

Eu parecia Luis gastando tempo com raciocínios inúteis acerca de sentimentos.

Meus pés me levaram ao centro. O início da cidade e minhas sandálias passeando sobre ele. Zero. O chão de pedras encardidas e pedaços de cheiros jogados pelos cantos. Meu pensamento em torno. Central. Feito fosse o umbigo ao redor do qual me movimento. Tentativa fracassada de não criar lodo ou ficar verde. Feito entulho de lembranças encalhadas, apodrecendo. Meu umbigo inútil fechado de craca igual às pedras no começo do cais, lavadas pelo sal. Era sair daquele arremedo de sonho infantil e continuar a caminhar pelo centro. Sair para dentro da noite, visitar o reflexo das luzes na água. Ralar a sola dos pés na textura das pedras. Com sorte, cortar a pele em casca de marisco quebrada, afiada. Porque a dor e o sangue poderiam me dizer quem sou e como resistir ao absurdo.

Por mais absurdo que fosse, admiti: eu sabia o que estava fazendo quando tomei um ônibus que não me levava de volta à casa de minha avó. Parei em frente da casa de Moacyr ainda sem saber se a campainha continuava no mesmo canto do muro.

A vida é mesmo inevitável e eu, uma imbecil. Mas eu não ia bater palmas.

XXVI

BASTA, NADA ME BASTA, NEM eu. Ou sobretudo eu. Sobretudo à noite quando sinto desejo de ser feliz, quando sinto desejo. Meu desejo é um bicho de maus hábitos que me lambe a cara.

Meu hábito de remoer sozinho os sentimentos antes de decidir se são divisíveis, ou se não, era inqualificável. E o sofá da avó de Irene, o lugar ideal para minhas digressões.

Aproveitei-me da presença de Léa e convidei Lurdinha para sair. Um azul intenso pintava o céu dando notícias da noite e eu quis me assombrar com ele na rua. Talvez ainda houvesse tempo para espalhar a felicidade sobre parte da Terra, Lurdinha merecia um grão que fosse do meu território recém-conquistado, qualquer quantidade que ela conseguisse receber, segurar. E eu estava disposto a despejar sobre ela meu entusiasmo por Antonio, alguém precisava dividir comigo aquela alegria antes que eu me implodisse por acúmulo. Minha felicidade entupindo meus buracos. Eu me fazendo cego, surdo, mudo e constipado. Minha felicidade querendo jorrar orifícios afora, feito areia. Olhar de areia, palavras de areia, merda de areia, suor de areia pingando pela pele, espalhando deserto por todos os lados. Minha felicidade de areias-gordas. Era preciso evitar, porque nada é mais árido para o mundo em torno que a felicidade de cada um.

Na ausência de Irene, Lurdinha me ajudaria a conter meus excessos. Represar minha energia granulada.

Caminhamos em silêncio. Os barulhos da cidade nos bastavam. Sentamos num café.

Será que fiz bem em deixar mãe com Léa?

O bem se faz sozinho. E elas precisam uma da outra.

Eu sei.

E sofre.

Lurdinha me olhou arrependida por ter saído. A conversa não começou bem.

Você é que parece bem.

Preciso lhe contar uma coisa.

Contanto que seja um sonho bem sonhado.

E era. Meu sonho era rever Antonio, mas antes eu precisava saborear melhor tudo o que havia acontecido entre nós. Contar para Lurdinha era um modo de estar outra vez com ele, de fincá-lo mais fundo em meu idílio e respirar seu suor arquivado em minha cabeça, e além, era viver o ideal, porque minha lembrança ia se encarregar de anular qualquer imperfeição. As palavras, cada uma que eu agarrasse para retratar meu encontro, significariam repisar meu prazer andando sobre fonemas. Minha boca seca pelas lembranças, e eu mastigando, mastigando, para encontrar a melhor palavra e ofertá-la a Lurdinha. Mastigando o bolo de mandioca que pedimos para acompanhar o café, mastigando. O bolo que parou em minha garganta. Suspenso. O ar da respiração que me faltou quando vi. Antonio chegando de mãos dadas com uma garota. O bolo formado em minha garganta. Não tinha sabor.

O cenário era o mesmo e estava se tornando constante enxergá-lo de maneiras diversas. A mesinha permanecia no centro da sala e eu, outra vez solitário, sem nem uma rosa para me deixar rubro. Invejando o vaso azul envidraçado que ao menos podia se arranhar nos espinhos da rosa de plástico. A rosa sem cheiro e eu crivado pelas lembranças recentes.

Antonio escolheu uma mesa do lado de dentro do café. Do lado de dentro das minhas artérias a pulsação inundando os músculos, minhas pernas amolecidas e meu pau entre elas. Na garganta o bolo e eu sem conseguir falar para Lurdinha, o gozo abortado. E ela sem entender minha reação, meu silêncio. Antonio segurando o rosto da garota, os carinhos de suas mãos sobre o rosto dela, os beijos. A ausência de som da boca que se movia em possíveis palavras de carinho. Fotografia que recortei de longe.

Fui eu quem não quis saber. Fui eu quem resolveu ignorar a realidade. Fui eu quem escolheu não perguntar desde o início. Fui eu quem o elegeu psicopompo. Eu fui.

Levantei e fui ao banheiro só para passar pela mesa deles.

Passei os pés para cima da mesinha de centro e quase derrubei o vaso. Afastei-o para a ponta da mesa com cuidado. O solitário e a flor a salvo. E eu doente e acidentado, atropelado pela realidade que eu quis desconsiderar e que afinal se impunha. Obrigando-me a reconhecer sua importância, a reconhecer que sua serventia era estabelecer meu tormento.

Antonio me viu passar a caminho do banheiro. Seguiu-me.

Se eu seguisse os conselhos de Irene, se fosse capaz de comedimentos, se eu não fosse eu, se a terra não fosse redonda e não girasse em torno de si mesma. Talvez eu parasse de repetir meus erros, talvez eu passasse a me entusiasmar menos com cada paixão que me acometesse, cada febre de felicidade. Talvez. Eu aceitasse a visão do mundo como um corredor e deixasse de correr atrás de cada desejo. Delirando.

Antonio me beijou no banheiro como se fosse natural. A boca quente com gosto de café, as mãos segurando minha nuca. Fez de conta que o tempo estava estacionado desde a última noite em que estivemos juntos. Fiz de conta que acreditava nas palavras das mãos dele, brevemente sobre meu corpo devolvi um abraço quase fraterno. Deixei-o lá e voltei para a mesa. Paguei a conta e levei Lurdinha embora.

O sentimento de chegar a hora da peça e ainda não haver público suficiente para começar o espetáculo, e ficarmos ainda sem saber se haverá ou não: espetáculo, e público. A frustração em público ou coisa próxima. De fato a frustração diante de umas poucas pessoas, que, por sua vez, também estarão frustradas, e até constrangidas por terem escolhido um espetáculo que a maioria não quis. E por saberem que os atores também estarão constrangidos, e frustrados. Enfim, uma porcaria. Lurdinha meio amarela por intuir que havia sido testemunha de um momento de embaraço, eu envergonhado por não completar minha missão de partilhar com ela minha felicidade de vidro, que eu desejaria fosse de cristal. Para ter um brilho menos ordinário.

Voltamos para casa arrastando pelos braços um silêncio diferente do que nos seguiu na ida para o café. Era o silêncio da minha tagarelice que evitava passar recibo de tristeza. Lurdinha aceitou. Os olhos me acalmando com sua expressão castanha. Ela era dessas pessoas que carregam uma flecha no coração, proprietárias de uma ferida. Pessoas que conseguem sentir a dor alheia.

Chegamos em casa falando a respeito de receitas de bolo.

A realidade é um caminhão desgovernado que serviu para amassar meus ossos e me deixar desarticulado.

XXVII

AINDA ACORDADO?

Afinal acordado.

Que cara é essa?

Essa pergunta é minha.

Por quê?

Porque você está com cara de quem cria cordas de estimação no quintal para enforcar os vizinhos.

Essa é sua definição de contentamento?

Não é contentamento o que há aí.

Estamos amargos hoje?

Estamos acordados.

Luis, sentado no sofá, os pés sobre a mesinha de centro da sala, não queria acordo. Precisava vomitar alguma coisa. Eu nem precisaria pôr o dedo em sua garganta. Sentei-me na cadeira em frente a ele.

O que aconteceu?

Nos últimos trinta e sete anos?

Meu sorriso saiu por instinto. Era engraçado vê-lo irritado.

Não, hoje. À tarde você estava febril de tanta felicidade.

Minha felicidade é cíclica.

Com o dedo indicador da mão direita escrevi sobre a coxa também direita: *O anel que tu me deste, era de vidro e se quebrou, o amor que tu me tinhas era pouco e se acabou.* Luis baixou a cabeça. Antes que ele começasse a chorar me sentei a seu lado no sofá e o puxei para o colo.

Uma ciranda.

O quê?

Pluma não anda, flutua. Qual o nome da decepção? Não posso crer que ainda seja Raul.

Antonio, meu psicopompo.

Psico o quê?

Psicopompo. Hermes, quando estava na função de transitar entre o reino dos vivos e o reino dos mortos conduzindo pessoas.

Ah. Vamos voltar ao começo. O que aconteceu?

É casado.

De quem você está falando?

De Antonio, cacete.

Luis levantou-se sem paciência. Puxei-o com gentileza. Deitou-se de volta em meu colo.

Entendi. Mas não era você que ainda ontem me acusava de estar fora de época?

Se vai fazer piada me avisa.

Não vou, mas deveria.

Enquanto falava fui massageando as mãos dele. Isso costumava deixá-lo calmo.

É só mais uma paisagem do corredor. Já já você vai estar bem. Outra vez apaixonado. Você acredita demais no amor para ficar muito tempo longe das enzimas fabricadas pelo desejo.

Não quero mais enxergar esse seu corredor.

Você não o enxerga. Essa é a questão. Você acredita na eternidade das coisas, por isso sofre.

E você não?

Eu não o quê?

Sofre.

Sofro. Mas é diferente.

Qual é a diferença? Sofrimento é tudo igual.

Engano. Cada um escolhe um jeito de sofrer. Eu sofro, mas mantenho os olhos na paisagem do corredor, sei que vai passar.

Silenciamos.

Vai passar?

Vai. Essa dor, pelo menos. Depois virão outras.

Você de fato sabe como animar uma pessoa.

Luis bocejou, a massagem estava fazendo efeito. Soltei suas mãos e passei a massagear seu rosto e couro cabeludo. Ele foi fechando os olhos e se aninhando em meu colo para dormir.

Eu queria ficar aqui para sempre.

Essa casa vai ruir algum dia.

No seu colo.

Eu provavelmente acabo antes da casa.

Luis finalmente sorriu. Foi um sorriso pequeno e rápido, mas já era um começo.

Você é muito desagradável, mas tem razão.

Minha avó passou bem o resto do dia?

Passou feliz. Léa veio e ficou para dormir, está no quarto junto com ela, num colchonete.

Vamos dormir, então. O dia de amanhã promete.

Agora estamos de acordo.

Fiquemos acordados, então.

Trocadilho infame que só conseguiu dele uma careta. Tirei um Luis sonolento do sofá e puxei-o pela mão até o quarto. Antes de apagar a luz da sala, coloquei o solitário azul de volta ao centro da mesinha.

XXVIII

O DIABO TOCAVA FLAUTA E me seduzia. Seus olhos doces, de Pan recém-liberto, me convidavam a dançar. Entrei no escuro da noite para segui-lo. A flauta se transformou numa cobra e armou o bote, mas não senti medo. A cobra abocanhou o próprio rabo e o diabo bateu palmas para minha dança. Em círculos.

Irene.

A voz era Moacyr que vinha atender a porta. O diabo continuava a bater palmas, apesar disso.

Irene.

A voz veio mais firme. Mas não era Moacyr. Nem o diabo. Era Luis sentado na borda da minha cama, no escuro. Arrancou-me do sono.

O que é?

Posso dormir com você?

Vai ficar apertado aqui, para dois.

Por favor.

Tudo bem, você já decidiu mesmo.

E Luis se comprimiu a meu lado e em pouco tempo dormiu. Fiquei eu sem espaço e respirando.

O espaço entre meus dedos e a campainha da casa de Moacyr, que encontrei no mesmo canto do muro, era desconfortável. Ruim de percorrer. E eu respirando. Lugar ruim demora a acabar. É um inferno. Demorei. Demoli o calor do inferno com os dedos para chegar até o botão e fazer soar. A campainha. O som ainda. Igual. Meu coração acelerando. O pulso. E a respiração cortada.

Calor. Luis colado em mim, dormindo. E eu com calor, mas sem me mexer para não acordá-lo.

Pensei em ir embora. Pensei em muitas coisas, um sem-fim de tempo se passou. Meus pés cimentados por fração de minuto. Fração de eternidade. Dois, três minutos, não mais. Não sei. Uma senhora na porta. E eu sentindo o coração latejando em meus tímpanos.

Luis suspirou. Sonhando. E eu acordada. E sem direito a sonhos ou delírios. Sem me dar direitos. Sem me dar. Moacyr atado ao pensamento.

Moacyr continuava uma bactéria adormecida em meu organismo. Aguardando momentos de baixa imunidade para se manifestar. Eu o encontrava, vez por outra e, algumas vezes, por encontros que ele forçava. E eu me esforçando para ignorá-lo. E me esforçando para não querer. Meus esforços nem sempre vingavam.

Eu havia marcado encontro. Era um domingo à tarde e fiquei esperando. O bar distante de nosso cotidiano. O mar era o mesmo, emoldurado por outra areia. Solo de desconhecidos iguais a mim. Fui me deixando ficar no sossego do cheiro marinho. Os olhos passeando no sargaço largado na areia. Quarenta minutos atrasado. Moacyr chegou. Abalado. Triste. Palavras suspensas. Frases interrompidas. Ou talvez fosse minha memória. Desmemória. Esquecendo pedaços. Subtraindo excessos. A mulher dele grávida e ele me jurando amor. Um feto em desenvolvimento atravessado entre mim e ele. Jura de amor eterno. Amor que costura eternamente um pai a seu filho. Jura de morte de seu casamento. E eu sem querer ouvir. Sem querer acreditar. Sem querer ficar. Levantei-me e fui embora antes que ele acabasse de chorar. Sem esperar que houvesse fim. Finalidade naquele tempo de desamor. Tanto tempo. Eu já havia completado vinte anos e precisava agir como adulta. Ir embora sem deixar porta para voltar.

A senhora na porta da casa de Moacyr me contando que ele estava no hospital, que houve problemas. Que alguma coisa em relação à mulher dele havia se complicado. Infecção? Que não sabiam, que fazia já algum tempo que ele havia atendido ao chamado do hospital. Que não conhecia o significado do silêncio. O melhor era esperar. Convidou-me a entrar. Agradeci e fui embora escutando o som do ar ocupando minhas narinas e sem dar chances a ela de tentar me convencer a aceitar um café.

Quantas vezes eu imaginei como seria ter Moacyr de verdade. Admitir que eu o quisesse. Não lutar contra certas ideias. Aceitar o desejo sem manter os olhos firmes na efemeridade dos fenômenos. Dos sentimentos. Nossa imaginação pode ser bem cruel e agir à revelia feito uma bactéria nos consumindo pelo lado das vísceras. Quantas vezes eu me neguei a ideia de que tudo o que eu de fato queria era ficar com ele. De verdade. Verdade que sufoquei para deixar de ouvir seus apelos.

Naquele domingo quando ele se propôs a pôr fim ao casamento eu vi que precisava pôr fim ao nosso avesso de relacionamento. Precisava fazê-lo entender que o amor acorrenta. Amordaça. Que eu não era capaz de atender às expectativas dele. Nem mesmo as minhas. Porque eu não sei quem sou. Escolhi ter apenas a mim porque dói menos. O amor não é saudável. E eu não podia mais me dar chance para delírios. Para que o verme da crença no amor e na eternidade se instalasse em meu corpo. Era preciso agir feito adulta.

A criança que nunca fui continuava me observando com desconfiança em uma foto emoldurada ao lado da cama. O criado-mudo no escuro, cego, era seu apoio. Meu apoio era Luis, deitado a meu lado. Dormindo o suficiente para não me ver chorar baixinho. A frustração de não ser igual a ele. Ou de que nossa igualdade se manifestasse apenas fisiologicamente. De não conseguir sentir amor suficiente. De nem conseguir uma definição aceitável do amor. De não conseguir acreditar na beleza. Na felicidade. No sonho.

Adormeci.

XXIX

LUGAR RUIM DEMORA A ACABAR, é um inferno. A noite ao lado de Irene passou rápido. Embora quente, era um lugar bom de estar, de me sentir acolhido e seguro. Irene é o chão dos meus sonhos.

Sonhei toda a noite com coisas boas e tépidas. Sonhos macios e perfumados, dos quais não lembrava pela manhã. Guardei apenas a sensação de beatitude e a vontade de refazer minha felicidade. Peça por peça. Meu delírio como um brinquedo de montar, um quebra-cabeça sem manual.

Não adiantava bater em Antonio. Antonio não era Raul. A história era outra, também eu era outro, outra disposição de fatos, outro dia de sol e de mar batendo nas pedras. Sem dó. Menos ainda adiantava voltar a sentir dó de mim. Não havia espaço para isso. A casa da avó de Irene não era cenário para personagens depressivos, a doença de Dona Auxiliadora nos mantinha ocupados o suficiente.

Acordei cedo e ajudei Lurdinha a arrumar uma bela mesa de café da manhã. Fiz tudo pensando em Irene. Ela merecia um presente, em meio a tanto passado torto e sem solução. Não seria eu a causar mais preocupação para ela.

Lurdinha estava amuada com a presença de Léa, mesmo assim preparou tudo com o costumeiro cuidado. Lurdinha e sua flecha atravessada no músculo cardíaco. Sua ferida acesa, em brasa: a personificação da Grucha de Brecht, a criada. Pronta a servir, sem sentir, sem pensar, ao troco de qualquer moeda, ou mesmo sem moeda alguma.

Léa, com olheiras e o cigarro fincado entre os dedos, resmungava por causa da reclamação das outras duas, sentia-se no direito a sua fumaça. Foi para o quintal queimar seu consolo, antes do café da manhã.

Consolei-me com o pensamento de que família é isso aí.

A reclamação de Irene foi curta, ela estava calada. Parecia cansada, sem vontade. Vagava os olhos de Léa para Lurdinha e desenhava coisas na toalha da mesa com os dedos. Arrumei os óculos sobre o nariz e servi o café para ela.

O sabor do café na saliva de Antonio. A noite anterior e a demolição de mais um sonho. Eu e meu delírio humano de tentar engaiolar a vida dentro dos sonhos. Sou humano e minha humanidade opta por não saber que a vida é uma comédia burlesca porque se leva a sério demais. Irene tem razão quando me acusa de procurar a eternidade, Irene sempre tem razão. Vivo esperando que os sentimentos e as situações durem até o meu fim. Mesmo quando me excedo, mesmo quando me gasto de uma só vez estou tentando ludibriar a vida, fazê-la crer que não me importo. Estou aguardando um milagre. Um anjo que me salve e me diga que vai continuar me amando, a despeito de eu ser um idiota cem por cento, a despeito de eu ter feito da danação eterna meu plano de carreira. Porque mesmo a danação, para mim, precisa ser eterna.

Irene levou uma eternidade para adoçar o café. Léa, depois sentada à mesa, discutia com Lurdinha a respeito da comida de Dona Auxiliadora e Irene continuou calada. Resolveu ler o jornal enquanto comia, súbito interesse, ficou alheia e deixou-me só com o rato que hospedo na cabeça. Que rói meu pensamento, e me deixa assim: tecendo pensamentos rotos.

Fabriquei a ideia de que sim, ainda precisava encontrar Antonio mais uma vez, o plano tinha sido esse desde o início. Agradecer a Antonio por me trazer de volta à vida, e repartir esse agradecimento em dois. E se era esse o plano eu não tinha razão para estar triste, nem mesmo aborrecido, afinal eu sabia desde o começo que não haveria tempo para escrever uma história. Desenhar um romance. Dentro de mais uns dias eu iria embora e Antonio findaria sendo uma lembrança de férias, um suvenir de viagem. A única explicação para minha frustração era a esperança do milagre. Sim. A constatação de que vivo aguardando um, aguardo impaciente a concretização dos meus delírios. Da minha febre de felicidade. A febre que me acomete sempre que me sinto vivo. E foi ele. Foi Antonio quem incubou essa febre outra vez em meu corpo, quando me guiou no retorno do reino dos mortos.

Então eu faria questão de ser um morto-vivo vagando em seu jardim. Macerando flores.

As flores da toalha da mesa se destacaram em meus olhos. Rosas vermelhas sobre a folhagem verde-clara. Lurdinha e Léa ainda trocavam espinhos embora eu não estivesse ouvindo o que falavam. Há algum tempo que eu havia perdido o novelo da discussão, enrolado em minhas lembranças.

Irene dobrou o jornal e, olhando para Léa, falou: Lugar ruim demora a acabar. É um inferno. Falou baixo, só pra si, mas eu ouvi. Eu ouço tudo o que ela diz.

Irene diz muitas coisas e eu me repito.

XXX

NÃO HÁ FIO QUE BASTE para amarrar os pés e as mãos da vida. Ela sempre dá um jeito. E, embora saiba disso, sou besta o suficiente para desconfiar de minhas certezas. Ou apenas ignorá-las tentando manter sob controle forças que são incontroláveis. Sou igual a minha avó lutando para manter presa essa mesma vida. No meu caso usando os fios da lógica em vez da religião. Mas me apanho em flagrante delito, porque desconfio de mim e me observo, mantenho vigilância sobre minhas intenções. Escancaro as tripas de meus pensamentos na ausência de lagartixas.

Abri bem os olhos em frente ao espelho. Eu existia naquela imagem e não mais feito uma criança que acreditava nos sonhos. O reflexo me pareceu um rascunho precisando de acabamento. Abri a gaveta da maquiagem de Léa.

Desde o reencontro com Moacyr eu sabia. Cedo ou tarde minha vida me cobraria respostas. Eu seria obrigada a olhar para o sentimento que ele continuava despertando em mim. Sentimento que me permeava feito água e me obrigava a pensar nas mãos dele sempre que outras mãos me tocavam com desejo. Sentimento que eu nunca consegui compreender, nem aceitar, por suas contradições. Mas como evitar sentimentos contraditórios quando se é, por natureza, um ser contraditório?

Talvez que eu tenha passado a vida combatendo uma coisa maior que eu. Uma tendência enraizada no comportamento dos homens. Talvez, de maneira inconsciente, eu tenha tentado fugir de um padrão do qual, conscientemente, sei que ninguém foge.

A matéria humana nos irmana. Somos iguais. É fato. Cada um a seu jeito perpetua essa igualdade. Os cortes continuam sangrando o mesmo sangue, vermelho e igual. As feridas criam fungos obedecendo a uma lei imparcial e inexorável. E, a despeito disso, ou até por causa disso, o amor eterno ainda é o que todos ambicionam.

O amor e a eternidade: duas coisas inefáveis e intangíveis. O delírio que o ser humano busca para esquecer que está apodrecendo. Perfumes que criamos para distrair o nariz de nossos cheiros.

Léa sempre usou maquiagem. Quando criança eu acreditava que ela dormia e acordava maquiada. Na verdade o que eu acreditava era que aquelas cores haviam nascido com ela, que as faces possuíam naturalmente o tom róseo do blush e a boca, o marrom avermelhado do batom. No dia em que a vi muito cedo sem maquiagem, achei que ela era mesmo linda. Mas isso era coisa que eu reconhecia apenas para mim mesma.

Observar as duas irmãs na mesa do café da manhã me dava a dimensão de uma força, que nos move, e que nunca entendi. Com o dedo indicador da mão direita escrevi sobre as flores da toalha da mesa: *Lurdinha e Léa mantêm o equilíbrio do mundo brincando de cabo de guerra.* A tensão entre as duas existia desde sempre. E elas continuavam ali, em torno de minha avó. E, mesmo inversa, existia uma relação entre elas. Ou ainda, como diria Luis, família é isso aí. Mas eu não estava disposta a me contentar com essa equação. Por isso me perguntava: qual o significado dessa frase banal que Luis repetia? O que sustenta essa indefinição de família? Obrigação? Destino partilhado? O movimento pela perpetuação da espécie? E aí eu voltava à covardia humana diante da finitude. A doença de minha avó fragilizava a todas nós.

Adocei meu café e ruminei essas ideias enquanto comia. O jornal me serviu de álibi e refém. Apropriei-me do silêncio da leitura para não precisar falar, ou participar da neurose familiar. Para não quebrar o delicado equilíbrio do conflito entre elas. Ou pior, tornar-me outra ponta a esticar o fio, aderir ao conflito.

A gaveta de Léa continuava cheia de munição. Base, blush, pó facial, batons e uma infinidade de apetrechos que eu desconfiava serem igualmente inúteis. O espelho à minha frente tinha utilidade. Foi com a ajuda dele que experimentei retocar o rascunho. Algumas vezes, na adolescência, vi Léa se maquiando. Léa e sua crença na individualidade, sua vaidade, sua luta para se sobressair no meio da multidão. Léa também procurava a eternidade. Ou talvez ela de fato acreditasse ser única.

A única crença que carreguei ao longo da vida foi a de que nada nos diferencia e ainda estamos apodrecendo. Sempre soube que a vaidade é uma estupidez. Somos iguais até em não saber quem somos. Iguais e sós.

Desconsiderando isso a vida agia usando sua força. Não foi por acaso que meus pés me depositaram na porta de Moacyr na noite passada. Nem foi à toa que um anúncio obituário havia chamado minha atenção durante a leitura do jornal. Eu e minha mania de viver com os olhos colados na morte. De gostar de ler os obituários. De gostar de ler.

Lurdinha, Léa, Dona Auxiliadora, Moacyr, meu pensamento cozinhava todos no mesmo caldeirão. Porque minha incapacidade de processar sentimentos envolvia todos no mesmo molho. A angústia que eu sentia comprimindo meu tórax partia da minha incompreensão de algum deles ou de todos em seu conjunto. Da necessidade que sempre senti de fugir dessa incompreensão. De não me saber ligada a eles. Em vão.

Em vão fugi do que me ligava à Léa. A imagem maquiada que o espelho me devolvia provava o quanto nós tínhamos em comum. Éramos mulheres e eu, tal qual ela, precisava me destacar da massa humana aos olhos de um homem, mascarar meu conhecimento da dor e da feiúra que me irmanava à turba. Compreender minha parcela de desejo humano e também buscar um instante de eternidade.

Eu precisava viver meu momento de estupidez.

XXXI

ESTAR ENTRE OUTROS SERES HUMANOS me distrai da minha dor. Ou me anestesia. A humanidade é minha droga. Absorvo de cada um alguma coisa: um olhar, um jeito de distribuir os passos sobre o caminho, um gesto no qual a mão expresse, ou o tórax, inclinando-se na direção do objeto de desejo sem se dar conta. Aprendo com cada pessoa um jeito outro de me construir em cena. Apreendo quem sou porque não sou ninguém. Sou um ator. E um ator, bem mais do que talento, precisa ter disposição para se devassar, para se tornar transparente na presença do personagem.

Irene era um personagem pronto.

Irene surgiu pela porta do quarto carregando um rosto maquiado. Em anos de convivência eu nunca a tinha visto arrumada daquela forma. O máximo da vaidade que eu conhecia dela: a boca exibindo batom. E, no entanto, lá estava ela, irreconhecível. Mais pela atitude que pela alteração no desenho do rosto. Minha atitude de admiração deve ter sido explícita demais quando a encontrei a caminho da saída, porque ela ficou um tempo parada na minha frente, no corredor da casa, depois voltou e entrou no quarto de Dona Auxiliadora. Não me falou palavras, apenas olhares.

Apesar da curiosidade não fui atrás, decidi esperar, cedo ou tarde eu saberia. Até o que não queria saber. Não há onde me esconder da realidade, tarde ou cedo ela bate na parede chamando pelo meu nome. Voltei a lembrar de Antonio, ou talvez eu não conseguisse esquecer, ou talvez eu preferisse não esquecer. Talvez não estivesse disposto a isso. Aproveitei minha indisposição e me sentei no sofá da sala aguardando os passos próximos de Irene para então definir os meus, mas Irene não saía nunca do quarto da avó.

Eu é que sairia dessa viagem com material para um novo trabalho. Com observações para me plantar no palco até germinar. Para me reinventar.

Dona Auxiliadora e sua luta silenciosa para não morrer. E eu me perguntando que valor tem uma vida pela metade, presa a uma doença sem jeito, costurada a uma dor cansada. A vida em contagem regressiva e ela tentando parar o cronômetro. A dor da avó de Irene me distraía da minha dor. Por animalesco que pareça, fico feliz quando encontro pessoas mais infelizes que eu, isso me redime. Não sei se é natural ou se sou monstruoso. Por mais mentiras que eu crie para me justificar, a verdade é que a dor alheia me conforta. E ainda que eu tente vestir meu comportamento com a capa do altruísmo, da diluição da dor própria frente ao sofrimento do próximo, trata-se de mais uma mentira. Uma camuflagem para sobreviver na selva humana. Não sou altruísta. É o mais profundo egoísmo que me move na direção da dor dos outros. Os outros me são necessários na proporção em que servem a minha reconstrução diária, aliviam meu sofrimento e minha sordidez. O que não me impede de verificar minha intolerância à humanidade sempre que alguém esbarra em mim na rua. O que não me impede de descobrir o quanto preciso estar distante e protegido em meu invólucro de civilidade posicionando-me no canto oposto dos elevadores quando sou obrigado a dividi-los. Um ator não deixa de ser um animal humano e territorialista, mas precisa ter coragem para assumir isso no palco. Na vida a história é outra. Na vida é preciso mentir. Uso mentiras para conviver com os demais, e de mentira em mentira alcanço minhas verdades. A verdade é que só não minto para mim porque não consigo. Algumas vezes não consigo mentir nem para Irene, porque ela me enxerga pelo avesso. Ela parece atravessar minhas intenções e pensamentos, fazendo radiografias. Invariavelmente isso acontece quando eu preciso muito esconder alguma coisa.

Irene era um personagem à procura de mim e eu também.

Irene saiu do quarto da avó sonegando os olhos atrás de óculos escuros. Beijou-me na testa e me falou que precisava ir a algum lugar, que não explicou, que se embaraçou com as palavras, que voltava logo, que a luz na rua estava forte e eu fiquei fraco. Sentado. Fiquei abandonado no sofá da sala feito uma criança sem mãe. Quem iria acarinhar meu renovado sonho de felicidade? Minhas areias-gordas alojadas nas tripas. Inferno. Quem teria cabeça para me orientar a colar as peças da minha felicidade quebrada?

O sol brilhava fora da janela, descobri esticando meus pés para a réstia colada ao chão, ao lado da mesinha de centro. Levantei-me e chutei a réstia, ela me ignorou. Uma vez que eu não era um adversário à altura do sol o melhor era não brigar.

Saí.

XXXII

NÃO SE AMA A MAIS ninguém quando se ama. Mesmo ou sobretudo nosso amor-próprio deixa de existir. A maquiagem que uma mulher usa quando se arruma para seu homem é uma pintura do sofrimento feliz que o abandono de si proporciona. O amor não é saudável. O amor é o mais eficaz fazedor de desertos.

Eu precisava descobrir se havia me tornado um deserto e se a causa era Moacyr. Nunca ousei nomear o que sentia por ele, mas estava na hora. A maquiagem de Léa me ajudava a enfrentar a situação nova. Léa, de alguma maneira, soube lidar melhor com isso ao longo da vida. Soube assumir seus vexames sem qualquer dignidade e não havia dignidade maior que isso. Eu precisava aprender com ela.

O sol do início da tarde cozinhava meus cabelos junto com as pedrinhas que dificultavam meu andar sobre o salto baixo da sandália. Luis estaria em casa e em dúvidas. O modo como eu o deixei pela manhã, sem explicações, deve ter ocupado parte de suas questões matinais. Agora que se aproximava a hora de voltar para casa eu precisava sondar seu ânimo. Minha avó também necessitava de atenção. Provavelmente a lembrança desses dias seria a última que eu guardaria dela. Confortava-me saber que ao menos seria a lembrança de sua luta pela vida e não de seu funeral. Odeio enterros.

Cheguei ao velório pouco antes da hora do enterro. No anúncio obituário, no jornal, não constava horas. Procurei Moacyr em meio às pessoas, reconheci alguns colegas da escola e agradeci o fato de estar em uma situação formal e não precisar cumprimentar as pessoas de maneira efusiva. Apertei as mãos que se estendiam e acenei com a cabeça sem precisar sorrir. Moacyr estava em um canto. Cercado por familiares, amigos, sei lá. Pessoas. Ele segurou a mão que estendi. Senti pena da falta de firmeza da mão dele. Resolvi beijá-la. Beijei de leve a mão de Moacyr para não manchá-la de batom e me afastei. Não me aproximei do caixão, não quis olhar a mulher dentro dele porque não era justo me sentir superior a ela. Viva. Eu já a fizera sofrer o suficiente. E isso até me deu prazer. Era preciso confessar que várias vezes eu havia ficado feliz por revidar minha dor impingindo sofrimento a outra pessoa. A outra mulher. Isso representava poder e me aliviava. O ser humano é mesmo um animal estúpido e costuma fazer coisas por motivos mais estúpidos ainda. Apenas a morte anula nossa estupidez. E, em vida, a dor nos salva.

Moacyr parecia em choque. Conversava e se movimentava feito quem coordena um evento que não lhe diz respeito. Em respeito à situação me mantive observando de longe.

Logo eu estaria longe de tudo aquilo, todas aquelas pessoas seriam imagens em sépia de um filme antigo. Quadros de uma colcha de retalhos. Minha avó gostava de fazer colchas de retalhos e eu gostava de ouvir o barulho da máquina de costura. O silêncio dela enquanto unia os pedaços de tecido. Escolhendo as melhores composições. Essas seriam as lembranças que eu cultivaria dela e de nossa história juntas. As flores miúdas de um tecido que ela achava adequado unir às listras de outro. De onde ela tirava a decisão de que as flores combinavam com as listras? Coisas que falavam mais a respeito dela do que as palavras pontiagudas que ela me disse quando decidi ir embora.

O caixão foi fechado e o enterro seguiu pelas ruas estreitas do cemitério. Silêncio. O som dos passos do cortejo sobre as pedras do calçamento. Os paralelepípedos pintados de branco indicavam o caminho a seguir. De propósito abandonei a manada e segui por entre os túmulos, desenhando um caminho tortuoso. Moacyr seguia na frente, ao lado do caixão, comandava o ritmo da marcha.

Depositar um caixão dentro do túmulo cavado e jogar terra é o começo do fim. É talvez a hora da definição, a constatação última do fato da morte. Soluços involuntários aqui e ali. Lágrimas. Moacyr jogou um punhado de terra e se afastou. Sentou-se num banco nas proximidades e ficou observando as pessoas revezando-se para jogar terra na sepultura. Por umas três ou quatro vezes eu o vi passar as costas da mão direita pelo rosto: ora pela testa, ora sobre os olhos e a face. Havia suor e lágrimas em sua expressão e ele misturava os dois.

Escolhi um assento solitário no ônibus que me levaria da casa de Moacyr para a casa de minha avó e me sentei. Não quis correr o risco de ter alguém puxando assunto comigo durante o trajeto. Colei a cara na janela para não perder nem uma gota da visão do mar durante o percurso. E Lurdinha? O que seria a vida dela após a morte de minha avó? Léa ao menos tinha sempre algum namorado para lhe trazer problemas. Lurdinha que sempre ficava ao meu lado, que cuidava de mim, fazia isso agora com minha avó. Talvez fizesse com todos. Tinha vocação para sentir a dor alheia, para acolher em seus ouvidos palavras ruins dirigidas a outras pessoas. A coisa mais áspera que minha avó me disse no dia em que brigamos ressoou em meu juízo. Reflexão de uma onda acústica causada pelo obstáculo de meu silêncio. Eco. Igual a um grito que o tempo foi transformando num sussurro e que ainda zumbe: Você é incapaz de amar. Você é um deserto. Nesse dia Lurdinha me abraçou chorando e eu resolvi que a hora era apropriada para ir embora.

Aos poucos as pessoas foram se dispersando. Apropriei-me da solidão dos túmulos para esperar quieta. Moacyr ainda ficou um instante parado em frente ao monte de terra recém-aglomerado sobre a sepultura, esfregou sobre o rosto uma última lágrima com as costas da mão direita e fungou sobre um lenço de papel que alguém lhe ofereceu e guardou o muco depositado no lenço dentro de um dos bolsos antes de ir embora. Foi um dos últimos a sair. Fiquei passeando entre outros túmulos, admirando a arquitetura da cidadela que criamos para forjar nosso ideal de eternidade, enquanto a aglomeração comovida se dissolvia. Vi-me só e diante da terra revolvida e amontoada que anunciava a morte da mulher. Com o polegar da mão direita escrevi sobre o dedo indicador da mesma mão: *Quando se sentir feliz ou sofrer, lembre-se que é um sonho dentro de um sonho.* Percebi que não tinha nada para lhe ofertar. Saí e, diante dos quiosques de venda de flores, me perguntei que tipo de rosas ela gostaria de receber. Porque nem considerei que sua preferência pudesse não caminhar ao encontro das rosas. Eu não a conhecia o suficiente para saber. Nunca quis conhecê-la, nunca fui sórdida o bastante para isso. Consolei-me com a ideia de que toda mulher gosta de rosas vermelhas. Comprei. Depositei sobre as outras tantas homenagens que as pessoas haviam deixado lá. Uma mórbida coroa de flores chamou minha atenção, nela, o nome que evitei pronunciar até ali. O nome que fiz de conta que desconhecia porque me dava notícias de uma pessoa de carne e sangue a quem eu provocava sofrimento. Nome cujo desconhecimento deixava mais leve meu crime. Nome cuja ignorância levava meu pecado para uma esfera puramente filosófica e abstrata, por consequência mais fácil de suportar. Nome que fiz questão de pronunciar em reverência, lendo a frase padrão impressa na faixa que dividia ao meio a mistura de cravos e crisântemos: *Jerusa descanse em paz. Saudade eterna do marido, Moacyr.*

Talvez minha avó tivesse razão. Talvez eu fosse mesmo um deserto. Mas o que eu não disse e nem diria a ela é que havia a possibilidade de que o amor fosse o criador desse deserto. Porque o amor, igual a tudo no universo, é ambivalente. Porque o amor não cabe na forma que tentamos criar para ele, não aceita a fórmula na qual procuramos equacionar sentimentos, fracionar sensações como se o ser humano fosse exato, igual a um número e sua vida pudesse ser expressa num problema com solução em N. Não. O amor não é saudável. O amor é o mais eficaz fazedor de desertos.

Se ao menos eu pudesse afirmar com convicção que é amor o que sinto.

O que senti foi uma pontada que se espalhou pelo meu baixo abdome de modo difuso. Cólica. Em seguida a sensação de umidade entre as pernas me deu notícias de uma reação de meu corpo. Nem precisei averiguar para ter certeza. Eu estava sangrando. Sangrando feito só uma mulher sabe sangrar.

XXXIII

EU QUERO CAGAR UM CORAÇÃO na cara da população. O verso de um poeta amigo definia meu sentimento de espalhar a felicidade sobre a terra. Felicidade que precisava antes ser readaptada, feito um doente em convalescença, descobrindo que pode viver sem febre. Felicidade que eu surpreendia com nova plumagem, sem lantejoulas. Meu coração batendo na porta sem ninguém para atender, e eu me vendo obrigado a processar meu desejo, meu delírio. Idílio constituído de peles tão diversas, carnes mornas liquefazendo-se em gozo de sabores distintos e amanhecidos no amargo da boca. E eu engolindo a seco o refluxo do coração mastigado: Antonio, Raul ou tantos outros nomes perdidos. Minha memória labiríntica me protegendo de mim.

Antes de sair passei no quarto para trocar os óculos pelas lentes de contato. O jornal deixado por Irene em cima do criado mudo foi minha primeira visão. Quis descobrir o que podia ter chamado a atenção dela naquelas folhas de papel. Não fui feliz. Descobri apenas que estava acontecendo uma exposição de artes plásticas próximo de lá e isso me bastou. Fui caminhando sob o sol do início da manhã.

O sol do começo da tarde agora fervia minha cabeça, meus pensamentos em estado de ebulição. A antecipada nostalgia de estar me preparando para ir embora depois de dias. Não havia adjetivos possíveis para os dias vividos ali, para as pessoas vividas naqueles dias. Tirei os chinelos para que meus pés pudessem se enfiar por completo na areia quente, para me misturar com aquele lugar, para deixar qualquer coisa de mim. Esvaziar-me.

O museu estava aberto há pouco, poucas pessoas vagavam pelas salas olhando as obras. Alguns adolescentes com uniforme escolar. Iguais. Um murmúrio de vozes e risos intimidados pela solenidade do lugar. Irene costuma dizer que a juventude é uma doença que o tempo cura. Irene diz muitas coisas e eu não achei nada para dizer ao garoto que me cutucou e comentou a respeito do quadro que eu tinha diante de mim: *É o meu preferido. Não entendo nada, mas gosto da mancha vermelha ali no canto.* Acenei a cabeça em afirmação e me virei na direção da voz, logo atrás. O brilho metálico do aparelho complementava um sorriso que eu já não era tão jovem para corresponder. Fiz uma cara de concordância e voltei a observar o quadro. A pintura e sua linguagem. Visual. A mancha vermelha, no canto inferior direito, de fato passava a impressão de que estava à vontade na superfície bidimensional. Misturava-se, possivelmente por efeito de espátula, com uma faixa magenta para finalizar o movimento das outras cores, parecia um balé, belo. Mas meus olhos elegeram uma tela em preto e branco, postei-me na frente de seu movimento bicolor e quando esgotei minha visão das possibilidades que ela oferecia percebi que estava só na sala. O silêncio que eu trouxera armazenado nas cordas vocais espalhava-se. Saí eu, em preto e branco disposto a pintar o mundo.

Cavei com os pés a areia da praia até encontrar um solo agradável. A areia ainda não contaminada pelo calor. Irene já estaria de volta quando eu chegasse. Ela também estava se preparando para partir. Guardando nas malas coisas diferentes das que eu subtraí para mim. O que levaria desses dias com a avó, a mãe e a tia?

Na rua, em frente ao museu, os adolescentes outra vez em bando, alguns fumavam. Lembrei de uma sorveteria da qual Lurdinha havia me falado. Pedi sorvete de mangaba em homenagem a ela e também de umbu em homenagem própria. Meu preferido entre os sabores recém-descobertos.

Eu quero um desses também, mas prefiro casquinha em vez de taça.

O mesmo garoto do museu e que vi, pela lateral do olho, entrar arrastando o sol. Sentou-se em minha mesa e puxou conversa como se nos conhecêssemos há tempo. Não prestei muita atenção no que dizia.

Meu nome é Bernardo e o seu?

Apenas o suficiente para manter o assunto sem parecer maluco.

Sou ator de teatro e você tem razão, não sou daqui.

Calculei que devia estar com dezesseis, dezessete anos no máximo. O uniforme escolar denunciava o ensino médio em andamento. A vida andando com destino ainda a definir. Ele era gay, meu faro perdigueiro me sussurrava ao nariz, mas será que ele sabia disso? Que significados eu devia procurar no canto da boca desenhando expressões com signos para mim tão explícitos? Ou na maneira como mordiscava o sorvete? Ou ainda no fio gelado escorrendo sobre a carne vermelha da boca enquanto comia a casquinha? Não resisti, passei meu polegar sobre o lábio inferior dele enquanto segurava seu queixo com os outros dedos. Levei minha boca ao dedo melado de sorvete: umbu. O vermelho espalhou-se pelo rosto do garoto, ele baixou os olhos, baixei meus olhos para a taça de sorvete e verifiquei que estava vazia. Fui até o caixa, paguei os dois sorvetes e saí desejando-lhe sorte. Desejando-lhe.

O mar foi minha rota de fuga.

Desenterrei os pés da areia, bati com as mãos para tirar o excesso, calcei os chinelos, levantei-me e fui embora. Acariciar a boca daquele garoto seria a lembrança mais perfeita daquela viagem porque irrealizada. A lembrança mais doce. Umbu. A única coisa que me cabia fazer: calar a pulsação do pau dentro das calças, calçar os chinelos e seguir em frente acariciando a renúncia. Engolir meu coração depois de mastigado e levá-lo guardado dentro do intestino, perpetuamente digerido, em prontidão para ser expelido.

Não era o dia certo para descobrir pureza no mundo.

XXXIV

A FIDELIDADE É UM CORRIMÃO. Uma sofisticação da civilidade.

O casal discute uma possível traição. A carne loira da boca feminina se comprime para receber uma lágrima. O homem olha o chão, portanto é culpado. O casal resolve uma traição possível. Se houve. Sim, houve. O som da tevê abafado pelo barulho da cozinha. Fechei a porta do quarto e aumentei o som para esquecer que não estava só.

Nunca compreendi por que o homem tenta camuflar que é um animal quando na presença de outros homens. A sociedade humana não é natural, nem inspira saúde. Padece de hipocrisia. Não alcançamos a pureza de um berne quando se instala em uma ferida. E assim o faz sem contabilidade, apenas pela felicidade de ser larva de mosca. Criamos a fidelidade para contabilizar a sobrevivência.

O casal do filme procurava me convencer de que mais importa o amor. Contando com um conhecimento que eu não possuía. Supondo que eu saberia o que é amor. Todo mundo sabe. Talvez um protozoário quando observado sob a lente de um microscópio não saiba. Talvez.

Contabilidade de afetos. Bem pode ser que a fidelidade represente a incapacidade de dividir afetos. Embora saibamos que somos afetados pelos outros de qualquer maneira. Quantas pessoas podemos encontrar numa caminhada até o mercado? De quantas maneiras podemos olhar para elas? A fidelidade é um grande engodo, não há fidelidade possível, a traição nos torna civilizados. Estamos constantemente traindo. Traímos conceitos, ideias, princípios, pessoas. Traímos a nós quando pensamos ser fiéis a outros. Ou quando, bestamente, nos metemos a elucubrar a respeito da vida gastando com isso o tempo que deveria estar sendo vivido.

O cabelo loiro da atriz do filme esvoaçava em cima do barco, ao fundo, o sol mergulhando no mar. Os olhos azuis fixos no horizonte celebravam a certeza do final feliz. A solidão apresentada na tela era uma quarentena.

Minha solidão sempre foi maior que qualquer outro bem a ser conservado por isso gosto de resolver as coisas entre mim e mim. Escolhi me trair ao longo do tempo.

Não há como negar que em várias situações senti prazer em colocar Moacyr contra a porta e perceber que nas suas escolhas prevalecia o desejo por mim. Jerusa era um caranguejo em meio à lama do nosso relacionamento. Minha humanidade abria fendas para a maldade interior se manifestar, mas eu, de fato, me negava a isso. Eu me negava o direito a exercer essa maldade. Eu me negava o direito a essa parcela de humanidade. E não fazia isso por qualquer tipo de sentimento moral ou de superioridade diante da fraqueza humana. Nunca pretendi ser magnânima. Não. A negação que eu fazia a Moacyr em minha vida também não era um jogo erótico, menos ainda uma afirmação da supremacia da malícia feminina subjugando o macho. Todas as vezes que me neguei a querer Moacyr, todas as vezes que o mandei de volta a Jerusa eu estava traindo um pedaço de mim e vencendo a guerra contra a tentação de sucumbir ao amor romântico. O que me movia eram puro egoísmo e instinto de sobrevivência.

O instinto de sobrevivência é o que nos conduz no nível mais básico de vida. Minha avó, no quintal, molhando as plantas, atestava isso. Ela continuava sem querer ceder à morte, brigando por moléculas de oxigênio igual a qualquer um de nós. Igual a qualquer animal, sapiens ou não.

Léa estava fora quando voltei do cemitério. Ela que agora não saía de lá e que antes quase não vinha visitar a mãe. Poupou-me perguntas e explicações que Lurdinha não costumava pedir. Entrei no quarto e fui direto para o banheiro. Um banho e um absorvente íntimo para segurar meu sangue. Excesso de vida transbordando corpo afora. Meu esvaziamento por dentro. Tomei um comprimido para amenizar a cólica, joguei-me na cama e liguei a tevê.

Do cemitério fui para a casa de Moacyr. Ele atendeu a porta. Acompanhei-o até a sala. Sentamos. Eu no sofá, ele numa poltrona. Se nossa vida fosse um filme aquela poderia ser a cena de ápice dramático. Ou a cena que antecede o desfecho da trama. O roteiro nos daria textos para um diálogo inteligente. Levaríamos plateias a chorar de emoção. Ou as faríamos sorrir representando uma farsa piegas. Silêncio e mãos que teimavam em não caber sobre os joelhos e que levaram um tempo sem conta arrumando a saia sobre o sofá. Não havia nada a ser dito. Não havia falas decoradas nem motivação para improvisos. Fui até ele na poltrona, sentei-me em seu colo e o beijei. O que fizemos em seguida eu não saberia dizer se foi amor. Nem se foi por amor que tirei a roupa dele e me sentei sobre seu pau naquela poltrona. Saberia menos ainda afirmar se era justo o suficiente o motivo que me levou a procurar por ele naquele dia. A verdade é que sei bem pouco e minhas certezas se alimentam da crença de que não há certezas. Por isso ouço. Abro os ouvidos para engolir as respostas se respostas houver. O barulho provocado pela articulação de meus joelhos enquanto eu me movimentava sobre ele no desconforto da poltrona me acalmava. Colocava-me na condição de ser humano em processo de envelhecimento. O corpo de Moacyr que agora também era outro, a pele que recobria menos músculos, o acanhado volume de gordura acumulado sobre o abdome. Sinais da realidade que nos abraçava, que abençoava nosso desejo. Com paciência. Assim também eu reagia ao toque de Moacyr.

Já não existia a aventura da aluna sendo comida pelo professor.

A tevê sem controle em minha mão. De zap em zap encontrei o que procurava: um filme açucarado. Falando de traição. Uma atriz loira de boca carnuda e olhos azuis e um ator com cara de culpado olhando sempre para o chão. Lembrei-me de Pedro e do dia em que o deixei caído após a agressão de Moacyr. O dia em que desisti de ser jovem e de encontrar leveza em meus gestos. Pedro não pertencia à lama de meu universo. Recolhê-lo do chão seria mantê-lo em terras estrangeiras e inóspitas. Prendê-lo a minha amizade. Trair a pureza que eu via nele. Abandonei-o e fui embora levando comigo minha alma contaminada e meu mundo. Porque era a mim que pertencia aquele manguezal. E a mais ninguém. Pedro ainda tentou conversar comigo, restaurar nossa convivência, mas eu sempre possuí alguma elegância e me afastei dele. Um ano depois crescêramos o suficiente para nos tornar estranhos um ao outro. Não precisei mais evitá-lo.

Não evitei ficar ao lado de Moacyr. Deitamos no sofá, abraçados. Conversamos e nos acariciamos como se tivéssemos cometido, juntos, um crime. Como se compartilhássemos a intimidade que eu não quis construir. Pela covardia de escolher o que me causava menos danos. Eu que cresci aprendendo a me parecer com Lurdinha e não com Léa fiz diferente naquele dia. Acolhi Moacyr sobre mim, e não dei importância à maquiagem borrada que me filiava a ela. Aceitei a respiração de Moacyr cortada e ofegante, meus braços o enlaçando. Absorvi seus soluços e lambi suas lágrimas. Embalei seu sono antes de sair silenciosamente para não acordá-lo.

Quando deixei a casa de minha avó, anos atrás, para ocupar uma vida nova ela estava dormindo. Lurdinha me acompanhou até a porta porque não lhe permiti ir ao aeroporto. Lurdinha já não chorava. Havia esgotado as lágrimas dias antes assistindo minha briga com minha avó. Luis criou, sem saber, a melhor definição de Lurdinha quando me disse que ela era a feliz proprietária de uma ferida no peito. Talvez por isso ela chorasse mais que eu e absorvesse as palavras dirigidas a mim. As duras frases gritadas com indignação, com raiva, com desprezo até, por minha avó. Acusando-me de plantar desertos pela vida.

Apesar de me prestar socorro quando sofri uma hemorragia, minha avó não conseguiu aceitar o fato de que eu me sentia senhora de meu corpo e havia escolhido provocar um aborto.

Deus ex machina. Luis costuma dizer que a fórmula mágica para a vida seria ter alguém que viesse nos salvar dos conflitos. Um anjo protetor com ciência de todos os fatos que surgisse para nos libertar e fazer justiça. Isso de verdade só acontece na ficção. Por isso adoramos ficção, Luis e eu.

O drama na tevê finalizava com a solução fácil da entrada de um personagem redentor. Era o desenlace da trama com a harmonia restabelecida e a felicidade assegurada. A traição morta e enterrada feito um animal incômodo. Senti-me em paz por descobrir que o mundo continuava em ordem, e que, nos filmes, a felicidade era um caminho sem volta. Chorei com nervos e mucosas porque o corpo feminino responde por inteiro, entrega-se mesmo à revelia. Aceitei o choro convulsivo que me visitou e o recebi como se recebe um bom amigo. E ele já não era uma reação involuntária de meu sistema nervoso. Uma covardia vergonhosa. Uma traição do corpo. Ou da razão. Que bestamente se mete a elucubrar a respeito da vida gastando com isso o tempo que deveria estar sendo vivido.

XXXV

O QUE VALE NA VIDA é se acostumar ao salto. É pular dos abismos sem se abismar com a paisagem, sem contemplação. Sem cisma exata dos acontecimentos. A vida é inclassificável.

Quando eu tentei morrer sem dor estava sendo absurdo. Eu brigava por um sonho e os sonhos pertencem à vida. No fundo o que eu buscava era solução para outro tipo de dor. Uma dor que apenas a vida pode causar. Cuja única solução possível, se fosse possível alguma, estava na transformação dessa mesma vida. Meu raciocínio continuava um vira-lata correndo atrás da cauda, balançando o rabo para qualquer um e latindo para si a fim de se manter alerta.

Viver é estar sempre pronto para o pulo no abismo. A todo o momento o desconhecido nos abraça. Nunca fugi de desconhecidos em banheiros, nem dos absurdos. Sou um absurdo andando pelas ruas. Sou um ator representando um ator que representa a si mesmo: mise en abyme. Irene é meu ponto de referência. O lugar para onde olho quando quero me reconhecer.

Voltei para a casa de D. Auxiliadora para encontrar Irene e ajudar a preparar nosso retorno. Lembrei-me de Antonio, passei os dedos sobre a cicatriz no pulso, eu ainda devia agradecê-lo a vontade de ser feliz que ele injetou em minhas veias. Parei no mercado e comprei um vaso de flores para Lurdinha, para retribuir seu jeito de me afetar. Ela e Léa continuariam presentes em minha lembrança durante algum tempo, mas eu já começava a me desligar daquela realidade para voltar para casa. Pensei em Raul e quis saber como estaria depois daquele tempo que para mim parecia a vida inteira de uma outra pessoa. A vida inteira de alguém que quis outros homens e se bastou com isso, e cicatrizou a dor que sentia por ele. A vida inteira que eu teria a partir dali para me adaptar a cada nova dor que ainda estava por vir.

Irene já estava de volta quando cheguei, dormia, tentava amenizar cólicas menstruais. Acordou apesar do meu esforço para me movimentar em silêncio. Disse-me que precisávamos nos preparar para a viagem de volta, mas virou de lado e continuou deitada. Entreguei a ela as flores que comprei para Lurdinha.

Engoli minha necessidade de me reconhecer em Irene e, em silêncio, abri o guarda-roupas. Enquanto eu separava as coisas para arrumar a mala, processava os últimos acontecimentos: meus trinta e sete anos. Antonio e minha inclinação a atrair triângulos amorosos; minha inclinação a atrair triângulos amorosos *versus* minha necessidade de ser amado com exclusividade. Fidelidade tão sonhada que nunca me dispus a oferecer a ninguém. Uma entre as muitas contradições que cultivo à flor da carne viva. Aberta à visitação na minha alma sangrando, vermelha. O garoto e o sorvete de umbu, pedaço de história que me foi oferecido e que não ousei receber. Presente devolvido sem profanação da embalagem, por vergonha do passado. Não quis me sentir maculando sua infância, talvez em algum espaço do meu inconsciente me incomodasse lembrar da minha infância conspurcada, por mais deliciosa que tenha sido essa conspurcação. Espanei esses pensamentos e puxei Irene para junto de mim com minha fórmula infalível: tagarelando.

Dona Auxiliadora estava bem. As plantas do quintal estiveram o dia inteiro a seus cuidados, ignorou as recomendações de Lurdinha para que não se cansasse com tanta atividade. Nós ouvíamos os barulhos da casa e aquilo provocava uma sensação boa. A vida parecia ter se tornado normal para nossa partida. Irene, embora quieta devido à dor, também dava a impressão de estar se despedindo mais tranquila do que chegou.

Ainda aparentando indisposição Irene se levantou e foi até a cozinha preparar um chá, abandonou-me acompanhado do rato que hospedo na cabeça e que se pôs a roer raciocínios. A noite se aproximava e eu precisava resolver se ia sair para procurar Antonio ou não. Incomodava-me a ideia de outro triângulo. Não pela traição a outra pessoa, a única traição que não consigo administrar é a minha. Não suporto ouvir um não quando meu corpo pede passagem. O que me intranquilizava de verdade era o medo do desprezo, do abandono na hora da inevitável escolha. E escolhas são inevitáveis. Mesmo a minha escolha impunha-se a mim feito sal de frutas para azia. Procurar Antonio ou não, eis a divisão. A divisão do meu agradecimento em duas vezes, seguindo meu plano inicial. Meu plano inicial era ser feliz, tracei-o quando nasci.

O rumo da vida é que não colaborava desde então.

XXXVI

O SANGUE É O MISTÉRIO da vida humana. A iniciação do animal humano em torno do umbigo. Cordão que leva aos mistérios gozosos. O irrealizável sonho de perpetuidade passa pelo teste do sangue. Pelo pulso. A circulação também pactua com a identidade familiar. Hemácias e hemoglobinas se entrelaçando ao redor dos grupos sanguíneos, referências que nos atam, que nos cosem uns aos outros num tecido manufaturado para resistir ao tempo e às tempestades emocionais.

Minha avó adormeceu e eu, refeita da cólica, aproveitei a quietude do sono para ficar em silêncio ao seu lado. A mão esquerda dela descansava ao longo do corpo, sobre a cama. Apalpei a saliência macia de uma veia em sua mão. A pele fina, uma seda que me permitia sentir a liquidez do sangue sob meu dedo. Brinquei de interromper o fluxo pressionando de leve. A vida continuava seu trajeto, tranquilamente, a cada vez que eu retirava o dedo. Gostei que assim acontecesse. Porque assim devia ser e permaneceria sendo. A ordem natural do mundo seguia em curso. Eu também precisava seguir em frente e voltar para casa. Não havia contradição: voltar era seguir em frente. A partir de outro ponto.

Um ponto. Dois, três, cinco e a impossibilidade de continuar contando. Várias manchas se espalhavam sobre as mãos e braços de minha avó. Braços que há tanto não me acolhiam, mãos que nem precisaram apontar o escuro da rua durante nossa briga. Já tínhamos vivido tanto depois disso, mas a lembrança ainda pisoteava meu estômago.

O tempo é uma unidade indefinida e imprecisa. O tempo que gastei para me perdoar, porque mesmo eu não aceitava minha decisão de permanecer só. Minha decisão de enterrar a informação de que estava grávida. A mulher de Moacyr também grávida. Minha decisão de me livrar da criança igual fiz com Moacyr quando o deixei chorando sozinho naquele bar. Quando não respondi a sua proposta de abandonar Jerusa, de ficarmos juntos. Minha decisão de me livrar da necessidade de amar alguém para o resto da vida. Aquela criança crescendo em minha barriga junto com meu medo de ser devorada a partir de dentro pelo pequeno animal. Pela obrigação de um sentimento amoroso que consumiria meus minutos em cuidados necessários ao crescimento saudável da cria. Não. Eu não tinha a obrigação de parir mais vida. Ou de multiplicar minha morte. Gestação gemelar univitelina: a criança e o medo. Eu não podia crer em minha capacidade de tamanho desvelo. Duas coisas que nunca tolerei: amor e eternidade. Ideias que me perseguem se esgueirando feito um desconhecido pelas ruas desertas de um sonho. Coisas que se impõem a mim a cada respiro. Mesmo agora.

Minha avó ressonando e eu trancafiando nos músculos uma agonia cozinhada no oco das vísceras. No vazio de minha consciência enferrujada e carcomida. Oxidada pelos sermões de cristandade desfiados por Dona Auxiliadora no decorrer de minha infância. Consciência com vontade própria que levou os dias a me desafiar durante anos. Culpando-me por não querer a criança, ou não aceitar que queria. Como nunca aceitei Moacyr. A diferença é que Moacyr continuou sua vida a despeito de minha angústia e estupidez.

Moacyr viveu melhor sem mim e a criança que despejei vagina afora ainda era uma massa compacta de tecidos em formação, uma pequena massa arredondada que o meu sangue irrigava à revelia. Essa sempre foi a verdade. Verdade que também não era fácil de aceitar porque diminuía minha importância na história toda. Tirava a mística sublime criada em torno da maternidade e dizimava a ilusão de um amor único e eterno.

Nunca houve pecado fora de minha cabeça, mas minha consciência me mordia feito um bicho traiçoeiro.

A voz de Lurdinha cozinhava uma canção antiga enquanto mexia nas panelas. Era um som confortante de lembranças boas. Pedaços de uma infância que roubei da vida real. Léa, Lurdinha, Dona Auxiliadora misturavam-se numa mesma fumaça que encobria minha formação. Personagens que eu me empenhei em diluir na tentativa de fazer surgir o que eu acreditava ser minha verdade maior, minha individualidade. Sem perceber que me distanciando delas fugia também de mim e do que me constitui. Negando-me a me enxergar com honestidade eu tentava me inventar a partir de um engano, um ideal: a liberdade total, impossível à espécie humana.

Luis, no outro quarto, deveria estar terminando a arrumação de seu retorno. Trouxe-me flores da rua, quem sabe o que levaria. Embalava lembranças e anseios de mudanças. Os sonhos habituais, sem os quais Luis não seria Luis. Meu amigo tão caro, um amor que me permiti. Luis não conhecia vergonha quando se entregava a uma paixão. Delirava acreditando no amor e almejando uma entrega total que, de fato, nunca se dava tempo para que acontecesse. Luis nem sabia o quanto, mas, navegando em direções opostas, chegávamos ao mesmo porto.

Léa devia estar chegando para o jantar e isso já não me causava incômodo. Talvez porque tenha descoberto nela algumas ramificações de raízes minhas. Talvez porque a ligação atávica entre minha avó e eu, tendo ela por elo, já não me perturbasse. Ou, mais possivelmente, porque eu estivesse de partida, com a passagem dentro da bolsa.

Minha avó se virou na cama, voltou o rosto para a parede e, recolhendo a mão com a qual eu estava brincando, deu-me as costas.

XXXVII

A NOITE É CÚMPLICE DA mentira. A noite turva a percepção, alcoviteira que é dos atos de Dioniso. Nunca deixe para tomar decisões durante a noite porque ela é péssima conselheira é o que me aconselho de mim para mim. Pouco adianta. Eu não me escuto nem respeito minhas opiniões.

Depois de passar o dia em estado de indecisão me arrumei e saí sabendo que encontraria Antonio. Fui juiz de mim e absolvi meu desejo de saborear os pelos do corpo dele, mastigar seus pentelhos.

Era redundante ir ao encontro do meu psicopompo, não me furto à minha redundância. Não me furto a nada.

Não me furtei a fingir que estava dormindo, Irene ao meu lado, o voo tranquilo. As lembranças enevoando a ansiedade de me ver retomando minha casa.

Antonio intuiu que eu não tinha resistência à cobiça da pele e me esperou sabendo que meus pés me depositariam sob suas mãos. Meu Hermes abriu a porta do motel e me conduziu a uma pequena morte, com seu sexo cheirando a mar. A amor. Meu amor pelo gozo, pelo entorpecimento que a saliva do psicopompo causava em mim, babando sobre meu falo ereto. Não há palavras que signifiquem essa morte ansiada, esse abandono em espasmos, tomando meus músculos. Noite adentro, dentro de um sonho. A pulsação do sangue e todos os sentidos guardados em alguns centímetros de carne esponjosa e dilatada para abarcar a vida inteira. Eu entorpecido e formigando à espera do jorro. O tempo sem existir nesses momentos e meu corpo passando por mais uma noite enquanto eu o esfregava nos pelos de Antonio. Ele dizendo frases molhadas pela minha porra gorda, no silêncio do primeiro gozo.

Trismegisto. Meu Hermes, senhor da viagem do louco que era eu.

Louco o suficiente para ligar na tentativa de avisar a Raul que estava voltando. Irene custaria a acreditar na minha capacidade de me repetir, de procurar o óbvio. De me esconder da solidão interna fazendo uso da paixão, igual fosse uma parede. Fabricando tijolos de orgasmos para me entrincheirar. Ou apenas fechando meus olhos, na esperança de não ser visto.

Antonio e seus olhos de mar barrento. Olhar esticado sobre lençóis. Da cor do encontro de rio com mar, doce encontro nos olhos macios do meu Hermes. Perdoei de imediato sua traição, não havia coisa que eu não perdoasse sendo acariciado pela cor dos olhos de Antonio, sentindo o odor generoso de suas pernas afastadas para me receber. Sou abençoado pela memória fraca quando necessito de paz na consciência para sentir prazer.

Não foi exatamente prazer o que senti quando a voz de Silvio atendeu, outra vez, meu telefonema para Raul, ainda assim falei com ele, ainda assim perguntei por Raul. Talvez eu não tenha vocação para a elegância. O som da voz de Silvio estava triste, ouvi a confirmação da notícia esperada: Raul havia largado Silvio. Ouvi o complemento inusitado da notícia: Raul se apaixonou por um garoto muito garoto que conheceu numa festa. Uma daquelas festas de teatro. Será que o garoto cheirava a jasmim? A voz de Silvio ficou distante enquanto eu pensava e ruminava outros pedaços da minha história. Raul, munido de quarenta e cinco anos de vida, viajou em temporada e levou consigo a juventude do garoto. Silvio sofria com sua voz masculina, com todo o charme de sua fleuma. Sim, ele sofria e sua dor possuía um corte impecável, e lhe caía bem. Diferente da minha dor prêt-à-porter. A mim, o que caía muito bem era jogar as teias de minha tagarelice sedutora, tornar-me belo aos ouvidos de Silvio. Deixá-lo sofrendo um pouco menos. Ao final da ligação estávamos brincando com os fatos e combinando de nos falar quando eu tomasse nova posse da minha antiga rotina. Desliguei o telefone pensando que Silvio podia ser um alento, um alívio para minha falta de originalidade, por que não?

Minha malícia, tão feminina, me sorria com a beleza branca de uma máscara Noh.

A camisa que Antonio esqueceu caída no chão tinha uma paisagem japonesa nas costas. Reprodução de uma antiga gravura. Visualizei a lua atrás das nuvens enquanto, outra vez, gozava sonhos.

A poltrona aconchegante do avião convidava a dormir, mas minhas lembranças excitavam meus nervos. A tranquilidade do voo represava a turbulência da noite anterior que me agitava.

Uma noite comprida e eu e Antonio em muitos cantos. Os espelhos do quarto observando nossos desenhos secretos. Sendo que meu sentimento já desvinculado dele selava encontro com minha velha vida.

As horas não voavam junto comigo e Irene, não tinham pressa de nos levar de volta para casa. De volta aos meus antigos planos e a uma vida remendada. O pouso macio do avião tardava. O melhor era, de olhos bem fechados, esperar, porque o amor viria um dia e bateria em minha porta com luvas de boxeador. Fazendo-se anunciar e se impondo igual a uma torneira aberta, esquecida, na ausência das pessoas da casa.

Ouvi os ruídos de Irene ao meu lado, folheando uma revista. Permaneci simulando sono porque preferia ficar comigo e saborear sozinho cada recordação. Existiria o tempo para derramar sobre Irene minha história e a crença na felicidade.

Junto com meu pau retirei do corpo de Antonio o amor que havia prometido a mim, sem palavras, fazer de conta que seria dele eternamente.

Trismegisto, meu Hermes. Três vezes grande. Foi o suficiente pela última noite.

Outros passageiros recolhiam os resíduos do serviço de bordo. Meus ouvidos davam notícia. Dei-me conta de que nem percebi a passagem da comissária. Será que em minha dissimulação eu de fato dormi?

XXXVIII

SEMPRE TIVE O MAR COMO ponto de partida e sempre olhei na direção dele para saber se haveria chuva ou sol. Porque tudo nasce do mar. A própria vida humana um dia teve seu começo aquoso. É preciso reverenciar a placidez e a inexpressividade dos peixes. A vida dos moluscos, celenterados e espongiários. A carne imensa, agitada e azul do oceano.

Assentei no avião, apertei o cinto e ele decolou comigo. Vi a cidade ir ficando pregada no chão. Sobraram a imensidão do mar e os meus olhos do tamanho do que conseguiam ver. Com o polegar da mão direita escrevi sobre o dedo indicador da mesma mão: *Se eu soubesse que chorando empato tua viagem, meus olhos eram dois rios que não te davam passagem.* O mar da cidade foi ficando pequeno lá embaixo. Coube nos meus olhos. Não deixei que escorressem. Comecei a viagem de volta assim: com os olhos marejados.

Luis dormia o suficiente para ficar alheio a isso. Outra vez minha viagem se dava em solidão. E era bom. E remastiguei os dias e soube que seriam coisas de digestão lenta.

Minha avó, minha mãe e minha tia, um sistema sofisticado que não se desvendava a meus olhos. Questões mal formuladas, respostas inconclusas. Meu sentimento pacificado olhando para Léa de um novo jeito. Dona Auxiliadora viva na despedida: uma bela lembrança para postar com o endereço de casa, lembrança quase tão boa quanto o calor do abraço de Lurdinha na despedida. Os braços dela em torno de mim e meus olhos devolvendo as lágrimas que ela me deu de presente na primeira partida. Lurdinha continuava sendo o cordão que costurava meu umbigo àquela família. A única preocupação que me causava era pensar o que seria feito de sua servilidade quando a hora inevitável se apresentasse. De qual dor tomaria posse sem a doença da mãe? De que maneira alimentaria seu vício de cuidar, de se desprender? Aprenderia asas no quintal da casa velha? A família que era minha propriedade e que só agora levava em paz junto comigo. Sem precisar esconder de mim a terra pregada nas raízes. Fazendo lama em dias de chuva e deixando marcas sobre o assoalho. Terra que nutriu meu crescimento e fermentou em mim membros emplumados no lugar de braços. Meu plano de voo. Minha humaníssima trindade agora sepultada em mim. Florescendo.

Conhecemos as pessoas e não sabemos quem são. Verdade. Não sabemos nem mesmo o quanto de sentimento nós cozinhamos e requentamos ao sabor da necessidade. O mundo é um corredor comprido e as pessoas nos abismam. A noite passada ao lado de Moacyr, um abismo, um passo. A queda derradeira diante de um desejo me fazendo gigante. Moacyr me revelando o que poderia ter sido. O que ele chamou de amor e que precisaria de tempo para existir. Para se constituir, célula a célula, músculos sobre os ossos, até poder sair da água e respirar. Os sentimentos necessitam de gestação, igual à vida. Ou igual a nossa humanidade que saiu do mar e precisou rastejar sobre a terra para conseguir se erguer sobre duas pernas e alcançar o tecido das estrelas.

Nunca pensei que Moacyr fosse capaz de compreender certos sentimentos. Moacyr compunha dores com a dor e ficava bem quando mergulhado na própria pieguice.

Seríamos felizes sim. E infelizes na mesma proporção. Feito girinos se reproduzindo numa caixa d'água suja. Se eu tivesse permitido teríamos uma vida juntos e os dias continuariam se sucedendo independentes de nossa compreensão ou aceitação. Aceitei as palavras de Moacyr e o cansaço dele sobre o meu corpo. Pesado.

O que foi? O que poderia ter sido? Perguntas que já não valiam a pena serem feitas. Com o dedo indicativo da mão direita escrevi sobre a perna esquerda: *Boi morto, boi descomedido, boi espantosamente, boi morto, sem forma ou sentido, ou significado. O que foi ninguém sabe. Agora é boi morto.* Mesmo assim ousei nomear de mim para mim, em silêncio: Moacyr, meu filho, meu amor. Natimorto.

A comissária passou oferecendo o serviço de bordo. Pensei em abordar Luis. Só pensei. Mastiguei em silêncio a comida e o pensamento. Existiria o tempo certo para dividir com Luis também o que não foi. Porque já divido o que é. O sentimento que me permiti. O que chovi em cima para deixar o tempo cultivar e amadurecer. Luis acredita que eu o entendo. Não entendo, porque amo Luis. Quem ama não entende nada. Ama porque ama. Respeito em Luis essa vocação para a queda, as feridas a céu aberto. A coragem para ser quem não sou. Luis, o filho que acolhi, meu amor quem sabe eterno.

Outra comissária passou recolhendo os copos e embalagens. Recolhi a mesinha na poltrona da frente e peguei uma revista para ocupar as mãos. E manusear as ideias que tecia com elas: Não aceitar o próprio ridículo ou se dilacerar em público? Duas faces do mesmo medo. A certeza de que a humanidade não é uma opção, mas uma imposição. E a dor é nossa maior aliada durante a passagem do tempo. Até chegar nossa hora. Ou a única hora que consideramos nossa. Porque, apesar de todos os minutos e horas dos quais dispomos a vida inteira, só nos apropriamos da hora da morte, nossa certeza, já que em vida não há certezas. Apenas perguntas. Sempre uma se contrapondo à outra. Levantando-se uma nova após cada resposta de que eu me valia. Valendo ou não a pena, a verdade é que as perguntas empunhavam martelos em meu juízo.

Era preciso abrir bem os olhos para aprender com Luis novos passos. Uma dança. Um caminho desconhecido por ele e novo para mim. A fórmula de um sentimento sem nome e destituído de eternidade. Recomposto a cada morte.

Luis já teria outro alguém na próxima semana. Ou mesmo em seus sonhos naquele momento. Eu teria a mim e isso era um começo. Um reincidente começo de uma história pela metade. Um passo antigo e debilitado. Para dentro de cada solidão. Cada ideia de completude. Minha aridez, meu território de areias-gordas se contrapondo ao desejo aquoso de Luis.

Certamente haveria um caminho médio que não significasse o meio-termo entre duas ideias, mas a constatação de que ambas, apesar de contraditórias eram de fato frente e verso de uma mesma coisa. A vida. Mas isso me jogava na pergunta seguinte, a mais banal, mais profunda e mais idiota que podemos nos fazer: O que é a vida?

Uma batida nas costas de minha poltrona me sacudiu dos pensamentos. Dois garotos sentados atrás de mim disputavam um joguinho eletrônico. Após o pedido de desculpas dos garotos voltei a me ajeitar no assento.

Lembrei-me outra vez de Moacyr. Ele continuaria sem saber que não tivemos um filho. Eu continuaria sem saber se ele assistia a filmes de ação. Por mais um tempo.

XXXIX

TEM QUE SER RÁPIDO. COM a mão direita você vai teclando e movimentando seu personagem pelo corredor e com a esquerda você aperta essa outra tecla para acertar os monstros que vão aparecendo. O final é a saída, é de onde se volta ao mundo de fora.

E aquela outra coisa de ver o labirinto de cima? Como faz?

Isso é só no começo, mas nem adianta muito porque as paredes vão se movendo. Elas não ficam paradas.

E como é que eu sei se estou andando para a saída do labirinto?

Não vai saber.

Mas aí eu me perco.

É o que acontece mesmo sem querer.

E se eu me perder como vou fazer pra ganhar o jogo?

Não pode ganhar. Fica perdido. Só pode ficar jogando mais e tentar se livrar do movimento das paredes. Mas vê só, tem que ser rápido porque é corredor o tempo todo, não dá pra ficar pensando tem que ir andando e andando e ainda tem os monstros.

Mas como faz pra ganhar?

Ô, não ouviu? Já falei que não ganha.

E que graça tem um jogo que não se ganha nem perde?

Ah! É legal de ver os monstros que aparecem no caminho. Tem cada um, ó.

Em meu trabalho arrisco minha vida e nele metade da minha razão sucumbiu.

VINCENT VAN GOGH

Agradecimento

MINHA PROFUNDA GRATIDÃO A TODOS que apóiam minha loucura:

Andréa Del Fuego
Davi Araújo
Henrique Keller Polli
Hugo Guimarães
Ivana Arruda Leite
Luciana Penna
Luiza Xavier
Raquel Mirtes
Regina Lúcia
Reinaldo Moraes
Rita Barreto
Tomás Martins
Vanderley M. Mendonça
Wilson Freire

E ainda e sempre:
Flávio Cândido Filho
Myriam Myrtes

Título	*Eis o Mundo de Fora*
Autora	Adrienne Myrtes
Ilustrações	Adrienne Myrtes
Editor	Plinio Martins Filho
Produção editorial	Aline Sato
Projeto gráfico e capa	Tomás Martins
Revisão	Geraldo Gerson de Souza
Editoração eletrônica	Fabiana Soares Vieira
Formato	14 x 21 cm
Número de páginas	168
Tipologia	Avenir & Electra
Papel	Pólen Soft 80 g/m² (miolo)
	Cartão Supremo 250 g/m² (capa)
Impressão e acabamento	Lena Gráfica e Editora